魔豆

魔豆

SEA VOICE 古董店

卷五 學生會長戰爭

林綠Woodsgreen 著

陰冥
小店員的資優生學姊。
吳以文
古董店小店員。
連海聲
古董店店長。

SEA VOICE 古董店

人物介紹

SEA VOICE 古董店

卷五

目錄

一、學生會長戰爭

少年站在光亮的水晶櫃前，右手高高低低地晃著抹布，口中哼著輕快的旋律，搭配一張世界末日、彗星撞地球也無法撼動他半分表情的清秀撲克臉。

以服務業來說，少了笑容等於不及格；但對於這間以各種古老年歲小飾品堆砌而成的精美店鋪，只要能讓店長微笑，就是店員的滿分。

不過本店店長倒是讓所有商業鉅子、政界高官、黑道龍頭嘗到什麼是服務業精神的最大負值。雖然一笑傾人城，但愛惜生命的菁英們不想用寶貴的下半生換取見識連海聲艷笑的機會。

今天風和日麗，屬於秋末的好天氣，吳以文打了個安靜的哈欠，貓般的雙眼瞇起，而角落的美人垂著長髮，趴在櫃台上打小盹。和諧、安寧，古董店難得悠閒的下午時分。

銅鈴清響，兩個高壯男人蠻橫推開兩扇琉璃大門，恍神的店員還沒從小動物的睡眠頻率回復過來。「答！」尖銳的聲響刺破小空間的氛圍，一身貴婦裝扮的女人踩著十公分高的金屬鞋跟，昂首闊步走向櫃台。

「連律師，昨天那件事你考慮的結果……」

「文文，茶。」連海聲直接打斷人家的開場白，抓了抓秀麗的長髮，鳳眸要睜不開，即使腦袋還在半清醒狀態，毒舌卻已就定位。「老太婆，去去去，別把妝抖在我店裡。」

聽見「老太婆」三個字，女人的濃妝臉龐扭曲好大一下，放棄所有客套話。

「連海聲，這裡我要了，限你一個月之內離開！」

美麗得讓對方皺紋更加明顯的店長大人，撐起額頭沉思，但其實在抹眼油，一直維持這個目中無人的動作直到他的花草茶端上來。

茶香四溢，連海聲啜了一小口潤嗓，才定睛看向耐性到達極限的貴客。

「老闆，她是遠航集團的負責人，名義第一女富。老闆昨晚出席她四十三歲對外號稱公主生日宴；老闆說餐點很不好吃。」吳以文語氣呆板地提醒健忘的店長，只是他好意的補充說明會讓人暴滿青筋。

連海聲聽了，揚起恍然大悟的微笑，明媚而動人。

「文文。」

「老闆，要留活口？」吳以文盯著兩個壯漢和指甲很尖的女人，就像看著一桶發臭的廚餘。

「不是，也給那位女士來一杯茶潤喉。」連海聲一聲令下加暗中踹小腿，吳以文才提起茶壺，高高地往杯子裡倒，茶水濺滿女人濃妝艷抹的臉。

「雜碎！」女子揚起巴掌，直接往吳以文臉上揮過去。

連海聲太了解女子的脾氣，及時抓住她手腕。

「商敏，在我的地盤打我的人，妳還眞是勇敢！」

女子一時間忘了憤怒，只是瞪著眼前的美麗男人，明明完全不一樣，她卻沒來由想起她那個薄情的前夫。

「笨蛋笨蛋，你是殘廢嗎？一杯茶也弄不好！」連海聲罵完就丟下客人，全力揪住小店員的耳朵。

「老闆，她說要把店拆掉！」吳以文瞪大貓眼，上個放話的人，骨頭就被拆掉了。

「滾一邊去，敗事有餘！」連海聲揮斥故意笨手笨腳的服務生，讓他一個人孤伶伶地去給地板上蠟。「好啦，我們說到哪裡……對了，妳想跟我競爭死人錢，爲了讓我不得安生，把主意打到這家店頭上。」

名叫「商敏」的貴婦哼笑一聲，看來這娘炮男人還是有把她的話聽進去嘛！

「連老闆，我也不想趕盡殺絕。你喜歡撿破爛，我百貨公司可以空一個櫃給你放這些……零碎的小垃圾。」商敏單手撐著右肘，以上對下的姿態擺擺手。

「心領了，妳那間號稱全國第一百貨、卻毫無特色、三年被倒一次帳、上臭下爛的公司垮了，我的店門還是能映出妳無腦的樣子，老太婆。」

「你、你，有膽再說一次！我明明上個月才動完手術，大家都說我年輕十歲！」

應客戶要求，連海聲口齒清晰回道：「老查某。」

「啊啊，我要殺了你，剝下你那張噁心的臉皮！」商敏終於被逼得大爆粗口，貴婦矜持不再。

「哈哈哈，來啊、來啊！」連海聲兩指往她啵了記飛吻，這一吻可是男性合作對象最希望被連店長挑釁的動作，但他迷人的笑臉在商敏眼中就是可恨無比。

「連海聲，別怪我沒警告過你，咱們走著瞧！」

商敏憤恨轉身，高跟鞋再度往地板踏上刺耳聲響，「答！」地板好亮好滑、咕溜咕溜，她往前一摔，保鑣們措手不及，終是大字躺平在地。

因爲店員剛剛才把地板上過蠟，眞是不好意思啊！

等商敏被七手八腳扶起，惡狠狠瞪向櫃台，一個奸笑的男人和一個不笑的男孩，一起用高吊的雙眼嘲諷她。

這家小店的風評一直都是這麼可惡，以後還會持續爲惡下去。

商敏放聲號叫：「你們給我記住！」

奧客的咆哮還沒完全消去，銅鈴再次清響，胖女人優雅推開琉璃大門。

「歡迎光臨呀。」連海聲搧了兩下眼睫，笑咪咪接待實質的第一女富來聊天喝茶。

「白女士，請坐。」吳以文躬身問安，爲貴客拉開紅木玫瑰椅。胖小姐咯咯笑著，溫柔搔弄吳以文的軟髮。

「哎呀，我好像看到熟人過來。海聲，如果可以，你多少讓步吧？除非她要拆店。」

「她是要拆店沒錯。我霸佔她前夫的財產，已經被她討厭五年多了。」連海聲悠悠然轉著胸前的長馬尾，得意之情溢顯於外。

「她前夫不就是我前夫？」見店長說錯話轉開眼的樣子，白小姐滿不在意地笑了。

「有道是匹夫無罪，懷璧其罪，你是世相的代理人，背後與南洋的關係已經傳開來，多少收斂一下吧？」

「爲什麼？我高興讓那些白痴怕得睡不著覺，他們又奈我何？」

「可是你還有小文要顧呀，要是小文被有心人欺負該怎麼辦？」

「白女士，請不用在意我，店在貓在，店亡貓亡！」吳以文挺起胸膛，連海聲很懷疑笨蛋店員究竟知不知道自己在說什麼蠢話。

「擔心他幹嘛？」連海聲長指戳刺吳以文的笨頭，吳以文痛得瞇起眼卻沒有躲開。這世上只有店長有資格欺負店員。

白錦儀每次回來，總覺得這一大一小感情又更好一些，希望她從大哥那邊聽說的消息不要影響到這間店的日常生活。

「海聲，商敏明日要開記者會，你注意一下。」

「知道，她都明著打過來了，我會防著。」連海聲睨著嫵媚的長眸，漫不經心笑道。

白錦儀知道說不過美人的高傲脾氣，也就不再多勸。

「還有，我這次過來，是特別來給小文加油。」

「加油什麼？」連海聲完全狀況外。

白錦儀從簡樸的布包中拿出紅色肩帶，上頭寫著「學生會長候選人吳以文」，尾端還繡著一隻小灰貓。

「這是我大哥預備選總統向神明求來的吉利綵帶，我想他應該不介意我借來用用。」

吳以文接過肩帶，深深一行禮——謝謝女士，灰貓咪很可愛。

「不過就是選舉，白領還有臉說他是十字教徒，迷信、無聊、神經病。」連海聲嘴上這麼數落著，卻叫吳以文快戴上肩帶，走幾步給他看台風，還叫吳以文說句講詞來聽聽。

小店員聽令，鄭重清了清喉嚨。

「大家好，我是一等中的吳以文。」吳以文模仿螢光幕大人物的沉穩口吻說話，那張本該是交際缺陷的撲克臉，反而讓他顯出幾分成熟的威勢。「謝謝、謝謝大家的支持，只要我當選會長大人，老闆就會當我的貓咪！」

連海聲錯了，不該對從小看大的店員有任何無謂的期待。

「笨蛋，給我換掉腦袋！」

白女士笑得闔不攏嘴。

楊中和升上二年級，也成了編纂校刊青年社的正式社員，對於這次堪稱全國最大規模的高中職學生自治選舉，教育部選定他們學區作爲示範。他們社長，也就是二年十二班的唐棠小姐，決定專題報導，發行一青特別號，目標帶起一等中學生的參與感。

楊中和四處打聽小道消息得知，這次學生會長選舉呼聲最大的是市立女中現任會長袁可薇；再者爲從國中就風靡全市、就讀海洋中學的胡理同學；家商代表紀一筆，據聞是個自稱外星人的怪胎，在校人氣超高；二中候選人身分不明，只知宣傳口號是幹掉一中。

而市內兩間貴族私校一面倒支持新閣中學的候選人，無關人氣和好感，他們只想選自己人，把庸俗的大眾劃在圈子外。要贏過這種沒道理的「團結」，就得看各家候選人的高度是否能打破自校的圍籬，拿下全市年輕學子青春不定的芳心。

青年社討論到一段落，唐棠社長指派給楊中和一項重責大任。楊中和眼神拒絕，唐棠也以堅定的目光駁回他的請求，都跟本校候選人代表同班了，當然是他負責採訪。

唐棠社長一臉嚴肅囑咐——記得，照片拍帥點，備份給我和甜甜（校花）。

於是楊中和冒著生命危險，請吳以文同學暫停一次午間話劇排演，留在教室給他做專訪。就因爲這件事，林律人寄了上吊的布偶圖片給他，然後童明夜在底下回了笑臉說「對不起，開玩笑的」和「阿文是我們的」，根本是血淋淋的威脅。

超可怕的啦！他們到底從哪裡拿到他的網路社群帳號！

到了約定時間，楊中和把採訪工具拿出來。吳以文轉過椅子，慎重放上兩個精緻的和式便當，興沖沖等著小和班長吃飯。

開飯前，吳以文拿出有貓耳朵的手機，目光期盼。

「班長，可不可以跟你加好友？我的ＩＤ是『gray cat』。」

「……凶手不是你嗎？」

吳同學眼中冒出問號。

「沒事。」楊中和手機傳送邀請，吳以文開心地瞇起眼。

「我給小和畫了圖像，是眼鏡貓咪，『glasses cat』。」吳以文獻寶般亮出手機背景。

楊中和探頭去看，畫面有兩隻小貓，小灰和小眼鏡仔親暱偎在一塊兒……難怪另外兩個校園偶像最近會如此仇視他。

「不可愛？」

「很可愛，我眞是受寵若驚。」楊中和含淚頂下被大王寵愛的仇恨值，「怎麼不畫你和小冥學姊？」

吳以文點點頭，亮出另一張雙辮少女抱著小灰貓打盹的彩色鉛筆畫。楊中和美術不怎麼樣，但看得出來這畫非常有愛。

「每個人都喜歡，你還眞是花心。」楊中和忍不住感慨一聲。

吳以文點點頭：「最近常被學姊唸，叫我跟別人好，滾邊去。」

「因爲你很受學妹歡迎，兩天被告白一次，她當然會不高興。」

吳以文睜大眼，恍然大悟，才知道陰冥在爲他吃醋。楊中和覺得吳同學對男女感情實在比一般青少年遲鈍許多。

「小和眞是我人生的明燈！」吳以文用力握了握楊中和雙手。

「好啦，我們回到正題。你不介意的話，我們邊吃邊聊。」

「不介意，我喜歡看小和吃飯的樣子。」吳以文說得一派自然。

「啊啊，別說會讓人誤會的話！」

楊中和按下手機錄音鍵，筆記就定位，照他事先給吳同學的預設題目進行訪談。

「吳以文同學，你這次代表一等中競選全市聯合學生會長的寶座，請問你參選的動機爲何？」

「養貓咪，全世界最漂亮的那隻！」吳以文精神奕奕回道。

楊中和拇指用力關閉錄音機。完蛋了，第一題就碰上瓶頸，他新聞稿大概發不出去。

「班長，我從沒想過老闆會答應讓我順毛。」吳以文說了不下十次，還是不由得跟小和班長再三分享他的喜悅。

「我知道你很感動，但還有沒有別的？」楊中和頭很疼。

吳以文點點頭：「還有話劇表演，等我當上會長就可以用公權力佔場地。我們問卷調查，粉絲不管坐草地還是沙發，一定要有廁所。」

楊中和眼神死去，吳同學的表現根本是扒下表面工夫的政客，從一開始立意就歪掉大半。

「吳以文，你不是選一等中會長，而是全市學生會長，要有一個號召群眾把選票投給你的中心理念。」

「班長，不用擔心，律人說他會使出渾身解數幫我助選，順便為未來從政之路練手感。」

「練什麼？」

「虐殺敵人。」吳以文口齒清晰地說道。

不得不說，楊中和聽了超級擔心。除了他們三位校園偶像腦袋有病以外，身為候選人幕僚的林律人小王子出身世家貴族，眞能了解他們這群小老百姓在想些什麼？

吳以文又從抽屜拿出一疊Ａ４紙，楊中和仔細看去，竟是市內各所學校鳥瞰圖，每張圖的比例尺不太一樣，不是照片，而是親筆手繪。

「你怎麼畫的？爬水塔？」

「班長，貓喜歡高處。」

楊中和用膝蓋皮翻譯——我知道許多不為人知的祕密基地喔，小和下次要不要一起來冒險？

「眞遺憾，我有懼高症。」楊中和一口回絕。

「喵嗚……」吳以文無盡惆悵。

「好啦，你還沒告訴我這些圖的用意是什麼？」

吳以文垂著眼道：「我想把全市學生串連起來，打破學校之間的藩籬。」

楊中和聽得心頭一動，叫吳同學繼續說。

「穿上制服後，我是一等中、他是二中，『女中全是大小姐』、『海中都混混在讀』。學校把人分開了。但是大家其實都是這塊土地出生、成長的孩子，沒有不一樣。」

「這是你的想法嗎？」

吳以文微微頷首，輕聲回覆：「不一樣的只有我，我看得出來。」

楊中和用力握緊筆，他同學點出學校風氣和地方高中評比的問題，長年來教育單位想解決卻苦無辦法；如果換個方向，由學生方出面改革，或許有機會改變也不一定。

「一個人的力量有限，很多人的力量無限。」吳以文雙手在桌下忙了一陣，在地圖一一放上摺好的紙貓咪。「統整全市學生，就能統整義工人力來照顧流浪貓咪！」

「……這是你眞正的參選目的，對吧？」

吳以文用力點頭。

「班長，我曾是受貓咪大仙指點的迷途灰貓，發願救天下貓咪。」

楊中和雙手抱頭，才正常一下子，他同學的腦袋又往神祕世界偏斜過去。

「吳以文，不可以把宗教帶進選舉裡。」

「爲什麼？貓咪大仙絕對是正信宗教，有貓咪仙使可以證明！」吳以文從數學課本抽出陸大師的玉照，雖然那身舊衣破褲跟流浪漢沒兩樣，實際上卻是三界第一大道士，神鬼無敵。

「我沒說仙使哥哥不好，只是藉選舉場子宣教會讓人觀感不佳，貓咪教不是主流。」

「可是這是信徒的使命，博愛眾貓。」

楊中和很想讓吳同學盡情表現自我、脫離自閉的過去，但一想到這個人代表一等中，他就不能放任他黑白亂來。

「你要知道，很多人是跟狗玩大的。」

「啊，我沒有想到這點……」吳以文不得不慎重考慮，畢竟狗派人士族群龐大。

「這件事就聽我的，選舉期間，先把你的貓耳藏起來。」

「好。」吳以文聽話地捂住耳朵。

楊中和看吳以文像小孩子的反應，忍不住擔心，怕他被有心人抹黑。好比檯面上大人的選舉，選期一點風聲流言就能打掛候選人苦心經營的民調。

「我問你，你有沒有會被人攻擊的把柄？」

「數學不及格？」吳以文上午才被數學老師捏臉頰懲戒。

「你這次段考一定要及格啦，還有嗎？」

吳以文想了想，想起吳警官氣呼呼的神情，吼他都不回家。

「不孝子。」

楊中和托頰沉吟：「這個倒是還好，我們這年紀如果表現得父慈子孝，反而會被說假掰。而且我看你常騎車去送飯，親生兒子也很難做到這地步。」

「師母最近常常不在家，沒人煮飯給師父吃，師父像被拋棄的狗狗。」吳以文不管對沒飯吃的小動物、小朋友還是大人，都很容易心軟。雖然他不喜歡那個家，但還是會等吳韜光吃飽喝足才回店裡。

「其實你還滿乖的，哪像我在家都對阿爸應喙應舌。」楊中和溫柔一笑。

吳以文聽到關鍵字，連忙把腦袋湊過去，楊中和無奈伸手拍了拍。

「還有嗎？」

「自閉症？」

楊中和看吳以文缺乏表情變化的清秀面容，差點忘了他同學有這麼一個半大的缺陷。

「你那個不算自閉症，但我也說不清楚。這的確是個問題，你要小心別被貼上標籤，我們社會同情有殘疾的弱勢，但不會選擇弱者做王者。」

「我會跟大仙拜託，希望不要發病。」吳以文雙爪合十請求。

就在這時，教室後門打開，走進一名燦金短髮、翡翠綠雙眼的少年，看起來年紀略小於他們；穿著兩件式西裝制服，從頭到腳都不像一等中的學生。

「誰是『吳以文』？」少年發了話，高傲的口吻似曾相識，恰如前天來砸店的老太婆。

楊中和看向吳同學，當事人卻在發呆，好在對方有備而來，一眼就認出誰是他的頭號勁敵。

「我是瑞奇·商，新閣中學的會長候選人，請多指教。」

吳以文一副高深莫測的撲克臉，淡然回道：「綠眼貓咪？真稀奇，我以前也養過一隻，胖、嘟、嘟！」

少年怔了怔，吳以文像在回應他的戰帖又好像不是。

楊中和居中協調：「他意思是說，你長得很可愛。」

「莫、莫名其妙……」少年那張不足巴掌大的小臉突然漲得老紅。

吳以文隨手拿出準備的點心：「來，吃胖一點。」

「拿開，我不吃垃圾食物！」

吳以文也沒生氣，逕自把泡芙遞給楊中和；楊中和不想拿，可他又真的好喜歡脆皮泡芙，市面上的都沒他同學做得紮實綿密。

「不要管甜點了，聽我說話！」

吳以文微微頷首，楊中和不難發現他同學對年紀小的學弟妹特別友善。

瑞奇回復一開始鄙視人的笑容：「聽說，你是那個人的兒子？」

吳以文沒有承認也沒有否認，自從暑假遊覽車事件被八卦媒體渲染，政商兩界幾乎認定延世相真有骨肉在世。

「我告訴你，我才是真的，你這個卑賤的假貨冒充不了。」

「什麼意思？」

「哼，你回去就知道了。」

事關古董店大美人，吳以文神情浮現幾絲不安。瑞奇揚起壞笑，此行算是達成目的，轉身就要離開。

「小咪，這個送你，公平競爭。」吳以文喊住他的腳步，遞上貓咪摺紙，是王國中最迷你的一隻。

「你叫我什麼？」瑞奇嘴角抽了抽。

「小隻的貓咪，小咪。」

「你給我住口，誰是小不點？還有，我最討厭貓了！」瑞奇雙手把紙貓咪揉爛一團，氣呼呼地跺步離去。

吳以文目送瑞奇遠走，楊中和木然地給同學拍拍手。兩軍交鋒，吳候選人拿下一勝。

「班長，竟然有孩子會討厭貓？這社會怎麼了？」吳以文像個老前輩概嘆年輕人。

「吳以文，你與其震驚這個，還不如煩惱他口中的真假身分。」楊中和想了想，作勢遞上鉛筆頭訪問，「請問你是延世相的兒子嗎？」

「老闆說是，我就是。」

楊中和心想，如果他是在職記者，大概能一舉拿下明天的頭版。

日上三竿，店長大人好夢正酣，卻被床頭的手機給吵醒。

「海聲，快起來，開電視！」

「神經病……」連海聲嘴上抱怨著，但因為鮮少聽林和家吼著說話，仍隨手攬過被單，半裸地走向客廳，轉開新聞頻道。

媒體圍著商敏那老女人，她手邊牽著金髮、翡翠眼珠，卻有著一副東方臉孔的少年，向公眾鄭重介紹延世相的遺孤，商瑞奇。

「白痴，我跟她才沒有……」連海聲從起床氣中清醒過來，商敏當年一跟他離婚就潛居國外十年，他實在沒有百分百的把握。

商敏的假哭聲斷斷續續從電視傳來——**我的孩子有資格擁有延世相的一切，這是親子鑑定書。**

林和家也在他耳邊火上加油：「怎麼辦？」

「能怎麼辦？誰教現今法律血親絕對繼承。」

「那小文文呢？」

連海聲這才意識到如果自己突然心臟病發死了，他以延世相律師名義代管的財產和這間店都會落入瑞什麼奇和商老太婆的手中，吳以文一無所有，因為他們在法律上是毫無關係的陌生人。

林和家在電話中深吸口氣，連海聲能從他說話的抖音感覺到他的憤怒。

「小文不是阿相的孩子嗎？你怎麼可以騙我這種事？」

「少囉嗦，又不是你老婆，爲什麼要對你坦誠，去死吧！」連海聲用力掛斷電話，立刻撥打新號碼，臉很臭，嗓子卻笑得很甜：「喂，白院長。」

對方故作高深「嗯嗯」兩聲，還是掩不住他重口音的本土腔調。

「我想拜託你一件事。」

「先講好，你要怎麼謝偶？」

「在下將全力爲您競選下任大總統之位。」

「不不，你看錯偶惹，偶不是只在乎權力的膚淺男人。海聲，白哥哥對你從來只有一個念頭：請穿高衩白旗袍跟我結婚！」

「事成之後——」連海聲幾乎要掐爆電話。

「喂喂，我聽不見。」

「我就穿高衩白旗袍……把你的頭塞爆馬桶！」

「喔喔喔！」

連海聲用力掛斷電話，他為了追查爆炸案真相和一群奸商惡官勾心鬥角，沒想到竟會因為一個半路殺出的愚婦，讓古董店陷入史上最大危機。

二、瑞奇

今天店長似乎心情很不好，店員一煮完飯就被趕到房間寫功課，眼不見為淨。

吳以文從書包拿出數學課本和習作，打開第一頁，向黏貼在目錄上的陸祈安照片拜了拜，請仙使哥哥保佑他數學及格後，就把數學課本放到一邊，開始畫他的繪本新刊。

這是一個勵志的故事，關於小灰貓如何當上貓咪大廚的奮鬥人生，目前系列作來到第四本，深受大小朋友歡迎。像童明夜和林律人看到第三頁就哭了，這根本是他們小文親親的自述。

開頭是這樣的——從前從前，有位美麗溫柔的貓咪媽媽，意外撿到了一隻小灰貓咪，把髒髒的小灰貓洗乾淨，取名叫「小文」。

貓咪媽媽把小文貓叼在身邊，常常順牠的毛，小文貓咪咪叫，最喜歡媽媽了。夜裡總是偷偷地想，要是貓咪媽媽真的是牠媽咪就好了。

貓咪媽媽知道小文貓的心意，輕輕摸著小文的腦袋，說：「笨蛋，就算沒有血緣，你一樣是我的孩子。」

——老闆為什麼說我是延世相的孩子？

——不知道，少煩我，滾邊去。

吳以文想起數月前連海聲臨時編的謊話，雙眼微微瞇起，動手爲貓咪媽媽畫上點點蝴蝶結。

可一聽見店前傳來吵雜聲，他立刻蹦起身，第一時間趕到連海聲身邊；連海聲看了他卻撇撇嘴，不想見到他的樣子。

銅鈴清響，琉璃門板推開，白日來學校挑釁的瑞奇同學優雅入內，有禮地向連海聲打過招呼。那雙漂亮的綠眼睛不時靈活眨動，舉手投足都符合小紳士的儀態，加上脣角的稚氣笑靨，很討長輩歡心。

「連先生，我一接到你的電話就趕來了，很榮幸能見到你。」

「眞是年輕有爲，過來坐。」連海聲端出親切不過的笑顏，宛如繪本中壞脾氣被美化一千倍的貓咪媽媽。

這時，店外的轎車司機又拎了兩大箱行李進來，可見這位小客人打算長住下來。

「文文，幫他把行李提到客房去。」

吳以文頓了下，店長從來沒有邀請過誰來住下，爲什麼？

「你都不看新聞嗎？他是那個延世相的孩子。」連海聲不耐煩地解釋，「爲了方便處理他生父委託我代管的遺產，我現在是他的監護人。」

瑞奇看向店員，明明他都沒開口說話，爲什麼連海聲知道那小子在想什麼。

吳以文只是面無表情站在原地，腦中沒來由響起殺手的笑語：**失敗品、仿冒品……**

連海聲嘖了一聲，店員的反應比他以爲的還要大上許多。

「你是這家店的雇員，他以後也算你的小主子，要聽他吩咐，知道嗎？」

「是，老闆。」

「一定要請他不行嗎？這樣我生活很不自在。」瑞奇望著吳以文，精緻的瓜子臉蛋滿是爲難。

連海聲隨口應道：「沒辦法，總要有人煮飯。」

——我懷孕了，那他怎麼辦？

——等孩子生下來可以叫他照顧啊，打掃煮飯之類的。

——傷腦筋，也只能這樣了。

吳以文點點頭：「我會煮飯。」

連海聲瞪過一眼，笨蛋答什麼腔？

「我現在是有些餓。」瑞奇摘下手套，微笑望向古董店店員。

連海聲聽了不太高興，但還是叫吳以文去廚房弄點什麼給小貴客填肚子。

吳以文拖著腳步到後頭忙上一陣，端出木製的貓食盆過來，連刀叉都忘了拿。

「這是什麼？」

「魚肉拌飯。」

「眞不好意思，我吃素。」

「充滿鈣質的拌飯！」

兩個青少年莫名其妙吵了起來，這種時候，大人就是出面權當仲裁的角色。連海聲一聲令下：「笨蛋，去換盤沙拉出來！」

吳以文雙眼睜得老大，好像在無聲跟店長抗議：「小貓咪吃什麼沙拉？」連海聲也只能用力擰他那顆笨頭。

店員最後黯然敗退，聽話端了素菜出來。瑞奇得意一笑，只用銀叉拌了兩下，就把盤子擱在手旁。

「好了，沒你的事了，退下吧笨蛋。」連海聲交代下去。

「是，老闆。」

連海聲專心看起瑞奇帶來的文件，沒發現吳以文離開時，瑞奇故意絆了店員小腿。看那傢伙的身影沒入走道盡頭，瑞奇輕啜口茶，跟店長嚼起舌根。

「連先生，我母親很好奇你怎麼會選這麼沒格調的傢伙做事，聽說他的出身不是普通低賤，怎麼會妄想巴著你的好處？」

「你還真是和商敏一個樣呀！」連海聲把一雙鳳眼給笑彎了。

「我私下調查過，他的交友一大部分和黑道有掛勾。也是，連寄養家庭都無法收容的孩子也不會好到哪裡去。」

連海聲只笑不說話，兩手擱在腿間，指骨握得有些泛白。

「時間也不早了，該睡了，小公子。」

瑞奇看牆上的大鐘還不到九點，店長卻強勢把他送到布置好的客房。

連海聲又把店員叫來，要他準備一些盥洗用具給小客人。吳以文捧著毛巾給客房敲敲門；門板開啓，露出瑞奇不懷好意的綠眼珠。

「謝了，雜種。」

房門砰地關上，賞給店員一鼻子灰。

吳以文在客廳發呆一會，碰上噓噓回房的連海聲。連海聲覺得這破事沒必要跟店員解釋，卻還是低聲跟他說了兩句。

「你就忍耐幾天，等我調查完他身家。」

吳以文卻沒接收到店長的暗示，小心翼翼地說：「老闆，雖然我灰灰的，不過我會努力當隻好貓。」

「有什麼用？你又不是我生的，連個大企業董事的母親都沒有。」連海聲鳳眼半垂，對店員的表白倍感無力。有時候人就是不願意承認，出生那刻決定大半人生。

而店員只是望著他，就像以前基層人民期盼他能扭轉社會現況的目光，以為他和別人不一樣。可連海聲就因爲眞正從底部爬上來過，比誰都清楚現實的殘酷，更加不耐煩那些只想討人安慰的弱者。

吳以文感覺到他的不悅，默默退開來。

有時候吳以文什麼也沒做、什麼也沒說，連海聲就是覺得他可憐又可悲。

可憐之人只能謀得人們幾滴眼淚，成就不了大事。過去的他曾說過，寧可天下人恨他，也不做可憐人。

隔天店長大人被不明的喧譁聲吵醒，散著一頭青絲下床。打開門，就看到笨蛋店員和新入住的小客人在客廳打得難分難捨，額上青筋忍不住抽了兩下。

「連先生！」

「老闆早安！」

吳以文兩腿騎在瑞奇身上掐捏他兩頰肉，瑞奇則抓著吳以文的軟髮咬牙切齒，連海聲彷彿看見過去店寵還在的光景。

「給我分開！都幾歲了！」

連海聲一聲令下，兩名少年才從地板起身，各站在他左右邊，等著他主持公道。

「怎麼了？」

吳以文才張開口，就被瑞奇搶先發話。

「他偷我的東西！」

吳以文搖頭，連海聲不滿意他的回答，強迫他出聲回話。

「要不是作賊心虛，怎麼會說不出話？」瑞奇冷笑一聲。

「現在是店員W，不是怪盜貓咪W。」這是吳以文的供詞，若不是有外人在，連海聲眞想打他。

總而言之，以店員的高超身手，真要從瑞奇身上拿取物品，就算那雙綠眼睛睜得老大也不會發現，所以「被抓到偷竊」在邏輯上不成立。

「什麼東西被偷？」

「我親生父親的親筆書信！」

連海聲微揚起眉，他會第一時間搶回被法院查封的延世相故居，有一部分就是為了銷毀自己的筆跡。雖然換身分後他重練出硬筆字，但寫字難免有相似的勾撇，不得不防。

「能不能給我過目？」

連海聲微笑請求，於是瑞奇推開擋路的吳以文，回房拿了護貝的信紙出來。

字不大加上反光，連海聲瞇眼看了一陣，吳以文遞過老花眼鏡，他才看清楚上頭短短幾筆文字——小敏，希望孩子生得像妳，腦子像我。

連海聲怔著好些會兒，沒想到他和商敏除了床上感情，還寫過情書給她。

「這是我僅有的寶物，他竟然想染指！」

「以文，你有碰嗎？」

「隔空嗅嗅。」看到店長的舊物，小店員情不自禁湊上前去。

「你是狗嗎？」

吳以文用力搖頭。

「就說他有動手了！小偷！」瑞奇一口咬定吳以文有犯罪事實。

連海聲發現這事有點不太合理：店員有自己的分寸，不會隨便進客房。

「你怎麼到他房裡去？」

「打掃。」

「爲什麼打掃？」

「他叫我。」

「你能不能一次把話說完？」

「他叫我打掃。」

連海聲扒住臉，吳以文的表達能力在旁邊站了一個伶牙俐齒的對照組之後，顯得更加笨拙。

「所以說，是你同意他入房，他進房發現延世相的親筆信，探頭去看，你就指責他是小偷？」

「我媽說，防人之心不可無，尤其那些居心不軌的貧賤下人，整天肖想一步登天。」

瑞奇給吳以文一記白眼，針對之意溢於言外。

這種話連海聲也常說，社會廣爲流傳的「窮人就是該死論」即是出自他的手筆，但他從未把吳以文算在底層百姓裡頭。就戶口名簿來看，店員至少有公務員家庭的良籍。

店長轉向店員，以眼神用力質問：對方發神經，你又何必攪進裡頭？不過一點抹黑，有什麼不能忍的？

「以文，你爲什麼非要跟他打架？」

「老闆，幼崽的教育不能等，我要教他當隻好貓！」這是吳以文理直氣壯的抗辯。

兩個死小孩之中，連海聲毫不猶豫選擇擰住吳以文的頭。貓你個頭！何必爲敵人著想？明知對方是他未來資源的競爭者還裝什麼大度？眞以爲自己是「大哥」嗎？

「有時間在這裡亂，還不如去煮早飯！」

「是，老闆。」

吳以文頂著一頭亂毛到廚房去，連海聲坐上起居室沙發，瑞奇一派自然坐在他對座，見他望來就開口笑，不像某個顏面神經失調的笨蛋店員。

「連先生，我忘了交代司機，今天能不能麻煩你載我上學？」

「不過一點小事。」連海聲隨口應下，瑞奇甜美地綻開笑顏。

吳以文端來餐盤，瑞奇看到盤中的小魚乾，頓時垮下臉。連海聲也無心用膳，精心燉煮的雞蓉粥舀起兩口就放下。

「商公子，我們走吧。」

「好的。」

連海聲已經明顯表示他要先出門，晚走的店員記得關好門窗，吳以文卻提著黑書包追到車庫，腰上還圍著圍裙。

「你來幹嘛？」

瑞奇在副座訕笑：「你該不會也想坐車吧？」

「一等中那麼近，自己走路去。」連海聲受不了地趕人，抬眼卻見吳以文不知所措地站在車邊。「以文，怎麼了？」

「沒事……」吳以文好一會才意識到失誤，低頭走回店裡。

天空下起冷雨，連海聲皺起眉，每逢陰雨天，店員的狀態總是不太穩定。

「連先生，下雨了。」瑞奇說，一雙白皙的手貼上冰涼的車窗，眼中流露出他這年紀該有的童稚。「我喜歡雨。」

很不巧，連海聲也喜歡雨天。以前下雨，她和他就會共撐一把大傘，不坐林家接送的轎車，把林和家拋得遠遠的，兩人一道步行回家。他和商敏撕破臉離婚後，那女人仍是死活不肯回到他身邊，結果一下雨，她又提著傘追了過來。

他就這麼被慣壞三十多年，以爲她會一直追上來，絕不會把他拋下。

連海聲輕應一聲：「是啊，冬天要來了。」

放學後，吳以文雙手拎著滿袋食材，沒有餘力撐傘。今天袋中多了不少蔬果，爲了迎合新來小客人的口味，希望他能吃胖一點。

「守護全市高中生的愛與和平，請支持候選人吳以文，文文喵……」

霸氣的宣傳台詞被他喊得有氣無力，他低咳兩聲，想再試一次，卻呆站在店門口——連海聲和瑞奇並坐在櫃台有說有笑，瑞奇笑起來會露出一對小虎牙，非常可愛。

吳以文默默推開門板，銅鈴清響，引得兩人注目。

「老闆，回來了。」吳以文努力勾起一邊嘴角。

「哦。」連海聲看也不看，繼續教瑞奇怎麼看公司財報。

「老闆要吃什麼？」

「不用了，我們等下要出門。」

「連先生和我有要事要忙，吳店員，你就看家吧？」瑞奇碧眼斜睨過來，露出嘲弄落水狗的壞笑。

吳以文好一陣子沒有回應，連海聲才抬起頭，看到他一身半濕的學生服，在這種氣溫驟降的冬日，冷得直發抖。

「爲什麼沒穿外套出門？感冒怎麼辦？」

「不會生病。」

因爲瑞奇在一旁盯著，連海聲不想跟笨蛋店員爭辯，只叫他滾進去換衣服。

吳以文回房，迅速換上工作服，然後拉開抽屜，把平常從不檢討複習的考卷翻出來，找出幾張好成績的卷子，捧去給店長過目。

連海聲不理他，反而瑞奇樂得大笑。

「我已經申請上國外的商學院，你還在準備小考啊？」

「古董店店員。」吳以文忍不住向瑞奇聲明他立下的志願。

「天啊，我沒弄錯吧？非親非故的，你竟然要連先生養你？你們有簽合約嗎？你怎麼可以這麼不要臉？」

吳以文張開唇，卻無法反駁瑞奇的酸言酸語。

「東西收一收，別丟人現眼。」連海聲也擺擺手，不耐煩地叫店員退下。

瑞奇故意把卷子撒在地上，看吳以文低身一張一張撿起。

連海聲看吳以文低下的身姿，想著過去他也是一個不開心就把文件扔得滿地，讓店員半跪著收拾，有次被吳韜光撞個正著，兩人就在店裡大吵起來。他只覺得理所當然，從來沒有反省過自己的不是。

「唉，沒有父母就是沒教養。」瑞奇存心譏諷店員。

吳以文頓下動作，隱隱抽氣一聲。但連海聲看吳以文起身仍是面無表情，像是沒聽見瑞奇惡意挖苦。

連海聲叫吳以文去拿外出的防風大衣，等店員入內，他正色警告瑞奇不要再提到吳以文父母。

「對不起，我總是有話直說，沒有惡意的。」瑞奇雙手合十道歉。「就像我生父一樣，事實就是事實，說不了漂亮話。」

延世相的確生了一張得理不饒人的嘴，連海聲無法駁斥過去的自己，時至今日也從未改變。

好一會，吳以文才拿來深領黑色大衣；連海聲穿上，發現安放在口袋裡的藥包。

店員撐傘送他們到車庫，恭送店長和貴客出門。

「老闆、少爺，請慢走。」

連海聲一路蹙著眉頭，瑞奇倒是被侍奉得很滿意，尊卑就該明確定位。

「連先生，你發現了嗎？那個傢伙想要我這個位子想得要命。說起來也可憐，他註定永遠都是個下人。」

連海聲知道，都是因爲他先前隨口撒了謊，店員就愚蠢地當眞下去。

連海聲把瑞奇推進光鮮亮麗的社交宴會，看瑞奇熟絡地迭往迎來，嘴上讚許著少年有爲，心裡卻想著店裡不成材的笨蛋。

等他們結束觥籌交錯的應酬回到古董店，時間已過午夜。

連海聲一停好車，店裡就亮起燈光，吳以文依然穿著服務生制服，躬身迎接他們。

「你怎麼還不睡？」

「等老闆回來。」吳以文乖順回話。

「假惺惺。」瑞奇啐了一聲。

「商公子，你先回房。」

「連先生，我還不累……」

「你先進去！」連海聲嘴上命令瑞奇，雙眼卻直瞪著吳以文。

瑞奇不得已，憤恨瞪了店員一眼，留下古董店主僕獨處。

連海聲深吸口氣，環視被擦得透亮的水晶櫃，再看向始終低著頭的男孩。

「文文，有客人來嗎？」

吳以文搖頭。

「以後我不在，店裡就休息，隨你做自己的事，你不用等門。」

「沒、有……」

「什麼？」

「沒有問老闆什麼時候回來……」怕店長再也不回來，忍不住恐慌著。

連海聲看吳以文這樣子，疲累的身子更加無力。

「我說過了，我不能照顧你一輩子。」

吳以文從牙關擠出聲音，太用力了，以致於哀求的話語說得像是質問。

「爲什麼？」

他是如此認眞，連海聲也只能愼重其事，哪管實話如何殘酷。

「以文，你想想，憑我的本事，要是我願意，早就把你領養過來，怎麼會掛在吳韜光名下？這是方便有天我厭煩你的存在，隨時可以趕你出門，任憑你死在外頭，半點責任也不會落到我頭上。」

吳以文聽了沒有哭鬧，只是認分點點頭。

連海聲把店員也趕進房，自己留下來給前店熄燈。等他把應酬的事務處理好，已經是凌晨時分。

他走到男孩房間、本要作爲雜物間的四坪倉房，和一年前差別不大，只多了幾張熱心服務的感謝狀和堆滿上鋪的貓咪布偶。吳以文整個人蜷在下鋪，懷裡緊緊抱著一本畫冊。

連海聲輕手抽起畫冊，翻起已經看縐的手繪本。

——貓咪媽媽告訴小灰貓：就算沒有血緣，你還是我的寶貝。

他卻一而再親手掐碎男孩的夢。

瑞奇一早醒來，輕手輕腳走進盥洗間，仔細鎖上浴室門把，確認安全無虞，才撩起前額的金髮，髮根已經現出黑色，要找時間補染才行。

他不擔心露餡，來往的全是政商名流，那些高高在上的大人物不可能認識過去的他，除了一個人，就在這間店裡。

約莫一年前，瑞奇曾經見過吳以文。

院裡的孩童都很期待小喵喵話劇團，他對低俗的團名嗤之以鼻，又是高中學生社團，一定是粗製濫造的爛表演。

「接下來，歡迎小喵喵雪梨酪梨西洋梨話劇團爲我們帶來——三隻小貓！」

三名穿著布偶裝的少年從布幕後跳出來，一開場就是一首合唱的兒歌，有夠惡俗。

「喵喵喵，一豆，喵喵喵！一豆一豆，喵喵喵！」

都一年前的事了，他到現在還會哼，可見這首爛歌有多洗腦！

序曲唱完，少年們一同摘下頭套。

「喵喵，我是小藍貓！」童明夜大字展開身體。

「喵喵，我是小綠貓！」林律人筆直向台下的小觀眾行禮。

「小紅貓。」吳以文兩爪前後擺動。

「我們是——三隻小貓！」

全場熱烈鼓掌，連女性師長們也不顧矜持地吹起口哨。以高中生的長相來說，他們的水準實在有點高。

「喵喵喵，一豆，喵喵喵！一豆一豆，喵喵喵！」

三名人面貓布偶又在台上唱歌打拳三分鐘之久，他看得快要崩潰，但台下的小朋友卻跟著律動起來，育幼院一時充滿稚氣的貓叫聲。

舞台暗下，接著手電筒往中央舞台人工打光，右側響起清冷的男聲口白——

話說，三隻小貓從小一起長大，後來長大出社會分道揚鑣，原本純真的小藍貓漸漸變成只在乎名利的世俗大人，沉迷於都市的燈紅酒綠，久了，也不回來探望慈愛的老院長。小藍貓爲了拚業績，上酒店陪大人物應酬，卻不慎染上毒癮，沉迷於藥物帶來的快感，到頭來變成一隻老廢貓。

……等等，這滄桑的劇本是怎麼回事？

扮演小藍貓的高大男孩在舞台上打滾：「藥、藥……再給我更多藥丸……」

這時，小紅貓出現了，默默蹲在小藍貓身前。

「小藍，去勒戒。」

「反正我已經是個廢人了，就讓我爛下去吧！」

小紅貓一拳揍向小藍貓，小藍貓慘叫一聲昏了過去，小紅貓就把小藍貓拖去一旁的勒戒所。

小藍貓反覆進出勒戒所，小紅貓不離不棄，每次小藍毒癮發作就一把痛揍，從未放棄自小長大的好友。小藍貓就靠著小紅貓的扶持，戒除了藥物依賴，重新回到社會。

當小藍貓拿到更生後第一份薪水，單膝下跪向小紅貓求婚。

「小紅，我們以後一起生活吧？」

「對不起，我已經跟小綠結婚了。」

小綠貓擔任的口白嘆道：雖然過去小紅和小藍比較親，但自從小藍吸毒後，小綠就成了小紅倚靠的肩膀，最後成功橫刀奪愛，哈哈哈！小藍貓，去死吧，以文……小紅是我的！

口白竟然光明正大摻入了私人恩怨，他到底看了什麼東西？

謝幕時，三隻小貓排排站，手牽手合音：噎～丂路嘸通行！

他身旁的老院長捧腹大笑。

明明是一齣爛戲，所有人卻聚精會神在看。這部戲好像要表達什麼深意，又好像什麼也沒有。那種貿然斷定它是垃圾後可能會被指責膚淺的感覺，就是令他感到火大的原因。

「喵喵喵，一豆，喵喵喵！一豆一豆，喵喵喵！」

還有這首歌，不要再唱了！

他很討厭這個虛有其表的學生偶像團體，偏偏他們在育幼院待了一整天。因爲原本下午要來的義演團體臨時取消，小喵喵話劇團知情後，向院長表示他們願意承包全天的活動，他們有七、八個臨時劇本可以接演。

院長老淚縱橫，直說：「一中的學生眞優秀，不僅優秀，還很善良。」

他聽了只覺得想吐，他跳級考取大學時，院長都沒這麼誇獎他，只擔心他的自傲會害他以後走錯路。

那三個「偶像」大概是想保持貓咪戰隊的形象，天氣很熱，卻整日穿著布偶裝在院裡四處走動，任小孩子抱住玩耍。

他才不想靠過去，院裡就他年紀最大，他才不想被以爲有智能障礙才跟一群孩子生活，他明明是天才、是未來的菁英分子。

他躲在樓梯間，小口吃著便當，沒想到眼前竟出現一團喜氣的紅色。飾演小紅貓的吳以文，無視他抗拒的眼神，頂著厚重的布偶裝，笨拙地爬上樓梯，來到他面前。

「自己一隻？」

隻？他怎麼沒學過這個量詞可以用在人類身上？

吳以文從布偶裝拿出一袋巧克力，默默看著因熱而扭曲變形的餅乾，頓了下，然後遞給了他。

「都是汗，好噁！」

「本來要給明夜和律人當點心，只給你一隻，不要說出去，噓。」

他大概是孤子本能作祟，即使不想要，手上還是緊抓著半融化的巧克力餅乾。

「爲什麼？」爲什麼要送他點心？他明明就不屑他們的表演，不像其他孩子會親暱喊著「哥哥、大哥哥」，不知道該怎麼討人歡心。

「你眼睛很漂亮。」吳以文輕聲說道，溫柔地凝視他的眼眸。「我認識的一隻貓也是綠眼，很驕傲，胖嘟嘟。」

完全不懂！他瞪過去，吳以文摸摸他的頭。

「聽哥哥的話，要當隻好貓。」

他才不要，好孩子很快就會被愛心氾濫的家庭收容。老院長親手把他從斷氣的母親那裡帶回育幼院時，他就決定留在院長身邊，天天仗著老頭子疼愛而盡情耍性子。院長一把年紀了，不可能一直照顧小屁孩，總有一天也需要人來照顧他。

可是老院長還是一直幫他找尋合適的人家，眼光比他還要挑剔，那個家不只要能讓他溫飽，還要栽培他成才。

遠航集團來了電話，說是董事長對上次那孩子很有興趣，打算領養當繼承人，成事的話，將會給育幼院一筆豐厚的贊助。

老院長熱淚盈眶，親手爲他穿戴整齊，帶他到城裡和那位女士見面。

這次他沒有吵鬧，因爲老院長生了病，很重的病。

他站在摩天大樓頂端，冷漠地看著那女人；商敏也毫無感情地打量著他。

「你眼睛眞漂亮，要是能挖出來塗成藍色的就更好了。」

「女士，妳不打算當我媽對吧？」

商敏嘛著厚唇嬌嗔：「我還那麼～年輕，孩子當然要自己生，沒血緣怎麼可能會有愛？」

他也這麼以爲，除了爲育幼院奉獻一切的老院長。

「我是找你來演場戲。只要你答應和我合作，事成之後，保證送你出國，下半生衣食無虞。」

「如果我不答應呢？」

商敏聽了，那張不自然的美麗臉孔揚起扭曲的笑容。

「外頭那位老先生病了吧？好像是肺炎還是肺癌。要是我把原本談好的贊助臨時抽掉，那家破落的小孤兒院該怎麼辦？」

那女人完全明白什麼是貧賤百姓的軟肋，不過一個「錢」字。

他冷笑一聲：「誰在乎那個破爛地方？我只要以後能出人頭地，什麼都願意做。」

「你不用做什麼，只要負責弄死這個男孩子就好。」

商敏拿出吳以文的照片。

可當他戰戰兢兢來到對方面前，吳以文卻沒認出他。

果然那時只是把自己當作可憐的孤兒安撫，與那些藉行善自我滿足的傢伙都是一樣，你無情我無義，自己有足夠理由可以恨他。

只是這場偷天換日的陰謀太順利了，瑞奇有些沒勁。連海聲待他意外和善，沒有外面說的那麼難相處，也沒有像傳言說的重視他家店員。像今天早上，連海聲笑著和他聊了兩句，卻和吳以文完全沒有互動。

吃過早飯，連海聲要瑞奇先到車庫去等，瑞奇乖巧應允。他推開琉璃大門，發現外頭下著小雨。淋點雨不會死人，但他飾演的是養尊處優的富家子弟，不會冒雨淋濕衣鞋。

這時，瑞奇聽見傘開啓的輕聲，轉過頭，吳以文爲他撐開一把油紙傘，往他遞來。

「你是什麼意思？」

「大貓要照顧小貓。」吳以文說完，單手拿起黑書包頂在頭上，就這麼淋雨走了。

瑞奇抓緊紙傘，胸口生起一股莫名怒火，他自以爲把這間店弄得天翻地覆，吳以文卻從來沒把他放在眼裡。

三、三隻小貓

就在一等中校門口正式掛上參戰的紅布條、選舉造勢活動即將如火如荼展開時，身為選戰靈魂人物的候選人卻要死不活地躺在草地上。

「好在今天只是行前會議，沒別人來。不然看到阿文這樣，士氣一定會跌到谷底。」童明夜吃著簡便的菜飯，從菜色感覺得出吳以文心事重重，而且還先幫他和林律人挾好菜才倒下去。

「以文，連海聲又欺負你了是不是？」

吳以文背著他們搖搖頭。長那麼大了，說謊仍然缺乏技巧。

林律人不顧少爺儀態，兩三口扒光餐盤的飯菜，把嘴抹一抹，撲向天可憐見的小貓咪，就用他的身體來安慰對方吧！

「阿人，你是個有婚約的男人了，克制點。」童明夜出言制止林律人雙腳並用的抱姿，不然他們怎麼對小文文動手，對方都不會反抗。小文文的百般包容讓他們純純的友誼不時踩上紅線危機。

林律人本要拒絕市立女中會長的親事，但為了選舉，還是跟袁小姐吃了頓飯；袁小姐親手彈了一曲《夢中的婚禮》送給愛慕已久的小王子。

以童明夜對林律人的認識，絕對是因為選票而不是鋼琴求婚才收下對方戒指，某方面來說，實在太瘋狂了。

「婚約可以解除，而且這樣在我成人之前，家族就不會再向我兜售別的女子。」林律人冷情地說明。

童明夜繼續消滅剩下的飯菜。林律人應該不太高興婚姻被充作利益談判的籌碼，不管是之於他自己，或是親切大方、無比迷戀他的袁小姐。小王子除去林家三少爺的身分，可是堂堂浪漫主義者。

「律人，我忍了又忍，還是決定向你坦白，其實，我對你——」

童明夜隔著一個吳以文，深情凝望林律人鏡片下的清眸。

「啊你可不可以稍微描述與你媽私奔的那個黑社會分子？」

林律人臉色一變，脫口道：「我什麼時候說過是黑社會？」

童明夜抓抓偷染的金毛，傷腦筋地說：「你們林家是老白道世家，跟黑道多少會有合作關係，但你卻聽也不想聽到，不知道是被嚴令禁止還是怎麼樣。我就想，問題應該是出在你生父身上。」

「然後呢？」

「放眼全黑道，能英俊迷人到讓世家小姐不惜拋棄榮華也要狂戀一場，好像也只有我老爸，啊哈哈！」

林律人眼鏡閃過冷光：「你再多說一句，我就讓你走不出這所學校。」

童明夜心頭一驚，果然有內情！

「你一定知道什麼，告訴我嘛！我小爸前些日子喝醉酒，證實我有哥哥，不是天海老爺子唬爛我，害我現在走在路上看到跟我同年又沒老爸的人，都覺得是我兄弟啊！」

「童明夜，你以爲有個殺手做父親是很榮幸的事嗎？」

「我不是這個意思……」

「你知道林家爲什麼禁止我調查從我懂事就從未出現過、對我們母子倆不聞不問的親生父親？因爲要是讓我知道是誰，我會不計一切代價殺了他！你會覺得那個人好，願意認賊作父，是因爲他沒有拋棄過你！」

面對林律人嚴厲控訴，童明夜說不出話。兩人氣氛如漸起的東北季風冷冽，吳以文出面爲好友緩頰。

「律人，不是明夜的錯。」

「我知道，只是看他不知好歹的蠢樣就想罵他。竟然以爲造成傷害後，可以厚顏無恥用『一家人』的理由要求不計前嫌。白痴，就因爲是家人，心裡才會格外怨恨，你明不明白?」

「我只是覺得……我們三個如果是親兄弟，那該有多好?」

「拜託，兄弟就是跟你搶家產的敵人好嗎?」林律人冷眼以對，他在家裡沒少被林律品那渾球欺負，兄弟什麼的，最討厭了。

「可是阿人，就因爲血親關係，你這輩子都會住在林家，但我們畢業之後，你還會來找我玩嗎?」童明夜垂著俊臉，像個被兄長教訓的么子悶悶發性子。

「我們三個戶籍都在同一座城市，你家公寓雖然破爛，好歹也算不動產不是嗎?而且我只在乎以文以後的發展，你想保持聯絡，最好自己貼上來。」

「永遠是店員。」吳以文補充一句。

童明夜眼眶微紅：「嗯嗯，我們三隻小貓要永遠在一起喔!」

林律人突然正坐起身，眼鏡下的雙眼直視前方。

「阿人，怎麼了?」童明夜幫小王子撥開頭髮的草屑。

「童明夜，你還記得我們育幼院的表演嗎?」林律人不問吳以文是因爲他一定記得。

「當然了，印象深刻，那天連內褲都濕了。」童明夜摸著下巴懷念道，「有個小男生一直窩在院長身邊，不說話也不看人。院長說他親眼目睹自己母親吸毒暴斃，精神創傷，就算長得漂亮又聰明過人也沒用，完全抗拒別人接近，讓老院長放心不下。你是要請他在宣傳片哭著感謝我們話劇團？」

「和小男生沒關係，去年貓布偶裝你還留著嗎？」

「呃，忘了。」

小喵喵話劇團成立至今已上演百餘部作品，戲服也穿過百餘件，童明夜記得家裡只有騎士鎧甲和勇者大紅披風，三不五時還會穿上去喊兩聲台詞，其他就不知所蹤。

「在店裡。」吳以文氣若游絲回道，身爲道具管理人，他都有保存下來。

「不愧是小文親親！」說到演戲，童明夜精神就來了。「阿人，要幹嘛？」

「這次公演要提前檔期爲選舉造勢，布景和服裝趕不及，重複又怕沒新鮮感，我看袁可薇未收錄的劇照似乎只有〈三隻小貓〉。」

「阿人，其實你和袁小千金處得滿好的嘛！」童明夜從未聽見林律人口中出現女人完整的名字，而且從不應酬的他還撥空陪人家看照片。

「少囉嗦。」林律人別過臉，似乎有些害臊。「還有，校長大人生日快到了，我想他會喜歡這個。」

「一定。」如此熱愛小男生青春肉體的大叔怎麼可能不愛穿著萌布偶裝流滿汗的小男生青春肉體，流滿汗……「啊啊，那次眞的差點熱到脫水，最後你還被成叔專車載回家，這樣好嗎？」

「因爲我覺得演貓的話，以文能打起精神。」林律人垂下細秀的眼睫。「不能每次都是你們保護我。」

吳以文側身窩在兩人幫他擋光的陰影下，輕聲說道：「律人，謝謝。」

「律人寶貝，你眞正是我們團的公主殿下。」童明夜向林律人半跪下來，牽過他手背吻上。

「那當然了！」林律人傲然受下。

於是乎，楊中和見識到小喵喵胖嘟嘟話劇團經典大戲重製版——三隻小貓！

老樣子，從劇名開始吐槽就對了。

話說，三隻小貓的媽媽死了，嘔出一口社會底層勞動者的淒慘鮮血，死得很慘很慘，在地上動也不動（咪咪飾）。三隻小貓的大哥、二哥從外縣市趕回家奔喪，其中老大開著Benz，而老二則是Rolls-Royce。

「小灰，都怪你沒有照顧好媽媽，讓她吃不好、穿不暖，就這麼死了！」童明夜飾演的老大藍貓環胸睥睨著辭職回鄉下照顧老母的窮小弟。

小灰？楊中和不解，吳以文身上那套明明是紅色的！

「媽媽一定有留錢給你吧？趕快吐出來給我們三兄弟分一分！」林律人飾演的老二綠貓扠著腰，對灰小弟冷哼一聲。

飾演灰貓小弟的吳以文只是跪坐在咪咪前面，不停撫摸咪咪洗白的絨毛。

兄弟正努力鬩牆的時候，穿著大野狼戲服、幾乎看不出姣好身材的校花丁甜甜，張牙舞爪登場。

「我是大野狼，要徵收你們的房子、抓你們的人來給我打仗！」

小藍、小綠嚇得躲了起來，只有小灰貓守在咪咪身旁，抬起清冷的面容說：「抱歉，我母親剛過世。」

「關我屁事，國家重要還是人民重要？」

「沒有貓咪，哪有國家？」

舊時代的國族主義和新時代人權浪潮一觸即發，大野狼深吸口氣，就要淫笑撲倒小灰貓；小灰貓猛地側身旋踢，把大野狼踹倒在地，一招制霸。

「貓咪，要做自己的主人。」

三隻小貓，完。

「中和同學，怎麼樣？」丁擎天爬起身，杏眼殷切望著小和班長。

「啊？我是想……妳沒事吧？」

「沒關係，就當胸部按摩。」丁擎天拍打胸脯，打斷手骨顛倒勇。

「不要管女人了，你的感想是什麼？」林律人咄咄逼人。

「你們不都是自顧自演自己的？怎麼突然想聽我的感想？我覺得好害怕。」

「因為你是我們神喵團唯一的普通人，和多數高中市民一樣。」

說實話嗎？楊中和搖搖頭。

「就政令宣導還可以，但不賣臉不賣笑不唱唱跳跳，對不起你們的粉絲。你們話劇團的中心思想是公益，不能用來服務你們的政治。」

林律人聽了，面無表情地從布偶裝裡抽出劇本，當場在楊中和面前撕毀。

不要這樣，好可怕——！

「我是菁英主義，民主對我來說太理想。」林律人頂著黑眼圈說道，他絞盡腦汁要迎合大眾，結果卻連個路人甲也說服不了。

「阿人，你已經很好了，你是天才、是我心中的日月，不用再逼自己有所突破！」童明夜攬住林律人肩膀，林律人抵著他胸膛啜泣。

「你不明白我心頭的苦，我眞的好想……搶回『glasses cat』的稱號！」

爲什麼？楊中和不明白，所以他是因爲這個被林律人盯上嗎？他好冤啊！

「律人，小和是眼鏡貓咪，你是王子貓咪。」吳以文抱著咪咪，用不足平時的一半音量說道。

「可是我覺得那隻prince cat看起來個性很差、一副嬌貴的囂張模樣；眼鏡貓咪怎麼看都比較可愛，我才是在小灰貓身邊的眼鏡貓咪！」

「阿人，你就各方面都很嬌嘛，阿文只是原汁原味呈現。」

原作者吳以文爲難地看著噘嘴的林律人：「律人，小和比較可愛。」

林律人細框眼鏡朝楊中和發射殺人死光。

「說到可愛，最近有個男孩子，我們班的女生都說他很可愛。」丁擎天無感林律人的心結，拿出手機，亮出瑞奇的照片。「你們看，他眼睛大大的、嘴巴小小的、個子也小小的，很想保護他，不是嗎？」

「小姐！妳不是我們最忠實的支持者嗎？」童明夜悲憤喊道。

「可是這一年來，你們都長大了，比較接近帥氣，很難再說你們可愛。」丁擎天實話實說。

過去寬鬆的布偶裝現在緊繃穿在身上就是個證明。吳以文已經拿起針線盒在一旁默默改起戲服尺寸。

「好吧，男性應該很討厭吧？這種可以穿裙子的傢伙。」童明夜口氣不太堅定，因爲他自己也喜歡調戲可愛的男孩子，好比一年前的吳以文。

「你們必須正視這個對手。他上過廣播節目，也接受平面媒體訪問過，因爲長得好又談吐大方，在我們學校也有一定人氣。」楊中和出聲平衡報導，「而且不得不說，全市男高中生最討厭的就是你們三個了……哇啊啊，幹嘛抱我！」

「對不起，小和班長，過去是我們對你太壞，請原諒我們，一定要投阿文一票喔！」童明夜賣力演出幡然悔悟的和解溫馨劇。

「不要到了選舉才來討好我，我也是有自尊的。」楊中和推開童明夜快悶死人的懷抱，他被弄得全身都是雞皮疙瘩。

「好吧，我可以給你來一次，但你絕對要投以文一票。」林律人不甘不願地張開雙臂，楊中和斬釘截鐵地拒絕，他們完全搞錯討好人的方向。

「好羨慕中和同學喔！」校花頂著狼耳朵明媚笑道，楊中和含淚以對。

吳以文已經好幾天沒跟店長大人好好說上話，瑞奇從早到晚都在連海聲身邊轉著，不給店員接近的機會。

店員雖然仍任勞任怨操持家務，一句埋怨也沒有，但就是散發出一股小動物被遺棄的電波。

「連先生，下午你要與我母親見面嗎？我好期待！」瑞奇拿著小叉子，笑容甜美。

連海聲無視店員，也捧著香茗微笑：「順帶清查一下商敏名下的財產還剩多少，否則她不會這麼著急。」

瑞奇會意過來，有些發悚，但店長只是笑說：開玩笑的。

用完飯後，連海聲藉口要熨襯衫，把吳以文叫進臥房耳提面命。

「自己去玩，不要惹事，知道嗎？」

「是，老闆。」

但店長大人和壞小咪偕同出門後，吳以文還是踞在古董店，窩在角落當擺設。銅鈴清響，宛如時裝模特兒的年輕人光臨灰暗的精品店舖。林律品摘下墨鏡，正巧對上吳以文投來的目光。

「哎呀，我本來有事要找連海聲，以爲你去找女朋友約會了。」林律品瞇著眼笑，居心叵測。

事實上，林大少爺早就從林律行口中得知陰冥這個月不在國內，連海聲身邊又多了個小寶貝。這種時候，最好趁虛而入。

「要去師父家打掃。」吳以文無力說道，雖然早就約好，但是不想面對。

「可是你看起來很勉強，不想去的話還不如陪我去散心。」林律品笑臉故意湊近，有股獨特的脂粉味漫上吳以文鼻梢。

店長不在旁邊，沒人阻止店員被拐去賣。吳以文還沒答應，制服也還沒換下，林律品就擅自拉著他的手，推開囚禁寶物的琉璃門扉。

「小銀四號？」吳以文四處張望，林律品咯咯笑著。

「抱歉，我今天是逃跑出來，只有帶信用卡。」

吳以文到車庫牽出銀色重機，林律品捧場地「哇」了聲。

「可以嗎？」

「可以。」吳以文這麼說的時候，腦中浮現連海聲暴怒的臉。小銀二號還在押禁期間，而且後座還載著店長最討厭的林家子弟，再再觸犯店長的大忌。

林律品興奮跨上車後，垂涎盯著吳以文結實的後背。

「我可以抱緊你嗎？」

「嗯。」

他說要吹風散心，吳以文就帶著他吹風，機車在路上漫無目的地奔馳。時節已經入冬，冷風從袖口灌入心扉，但林律品卻不覺得寒冷，反而認爲這種逆風的冷冽剛剛好，直到駕駛吳以文打了噴嚏。

「對不起，只顧著自己取暖。」

「沒關係。」吳以文掛著鼻水說道，身上僅著一件單薄的襯衫。

林律品死沒良心地笑了，就喜歡男孩的體貼。

爲此，小銀二號轉了方向，來到鬧區的百貨公司，林律品要給吳以文買件防風外套作爲補償。

但他們一來到六樓男裝部，林律品就先跑去看領帶。挑挑選選一個多小時，問了吳以文不下百次「好看嗎？」，揀了七條喜歡的，才到下個專櫃。

林家二少林律行曾和林律品逛過一次街，只那麼一次，就說要扭斷敗家子的脖子，再也不跟他一起出門。

「好看嗎？」林律品從試衣間出來，領釦故意錯了一格，擺了封面雜誌上的姿勢，展現緊身的皮革長褲。

「品很好看。」吳以文總是不厭其煩地回應，每次他這麼說，林律品就笑得好開心。

「那些和我身上這件，全包了。」林律品兩指將卡片遞給再三鞠躬的專櫃小姐。

「請問這是您弟弟嗎？」專櫃小姐將紙袋遞給吳以文時，斗膽向林律品詢問。

「不是，他是我男朋友。」林律品壞心眼回道，往吳以文拋了記媚眼。

如此這般，外套還沒買到，吳以文手上的紙袋已經十來個。林律品還用手搧了搧，說他好累好渴。

「要喝什麼？」果不其然，吳以文依服務生習慣問道。

「奶茶！」

於是吳以文動身去咖啡廳買奶茶孝敬大少爺，沒有一絲不耐煩。

想到連海聲每天過著讓男孩貼身服侍的生活，林律品就羨慕得要命，好想把人搶到林家來。

「律品！」

一聲大吼，林律行從手扶梯上現身，身後跟著三名穿著黑西裝的林家侍衛。

「糟。」林律品喃喃一聲，出來公眾場合就是有走漏風聲的危險。

「你爸都快氣瘋了，馬上給我回家！」林律行一聲令下，穿著黑西裝的家丁群起而上，勢必捉拿大少爺回去覆命。

他們剛要押著敗家子回家，吳以文正巧捧著一杯熱奶茶，從對向手扶梯上樓。

「文，救我！」林律品狼狽地大喊，經過剛才一番抵死掙扎，他精心畫好的眼線都暈成瘀青。

吳以文潑過奶茶，從扶手翻身而過，一腳掃下抓著林律品的西裝大漢，又側肘擊倒一名，再兩手按著扶把，剪刀腳扭下第三個，最後就剩他和林律行一對一ＰＫ。

「是你！」林律行咆哮著。

吳以文和林律行在往下的手扶梯對招，把精品商場變成武打片場；而事主林律品則在一旁吹口哨。

「我約你出來這麼多次，你今天卻跟他在一起，你是什麼意思！」

「對不起學長，下次請早。」吳以文道完歉，沒等林律行反應過來，橫抱起林家的大王子殿下，飛奔而下。

林律品咯咯笑著，環著吳以文脖子，往氣炸的林律行拋出飛吻。

他們來到地下停車場，廣播驟然響起，說是突發狀況，要全面關閉停車場出入口。

「眞糟糕，該怎麼辦？」林律品第一次覺得家族太有錢有勢也是不太方便。

吳以文請後座的人抓緊，催下油門，搶在鐵柵完全閉合前將機車傾斜滑行，成功逃脫商場地下室。

當吳以文敞著半開的襯衫在風中奔馳，林律品幾乎要迷上這個小他四歲的男孩子。

「你竟然爲了我跟林家作對……不對，你們店本來就跟林家作對。」

「老闆要往前走，林家就不應該擋路。」這是吳以文的回應，古董店店長至高無上，哪管世族平民，都不過是連海聲的踏腳石。

延世相死後，政商幾乎倒戈投靠林家，林家重新掌權，家族利益最大化。唯獨連海聲繞著遠路，從不找林家合作，結果成了這世代發展最突出的新星，白領院長再三邀請連海聲出任未來的國策顧問，這要林家怎麼忍得下這口氣？

聰明人就該在上位者訂定的規則下汲取最大利益，可是逆著強權而行的愚者，有時會在億萬分之一的機率中成爲推翻舊規則的王。連海聲確實有扭轉時局的本事，但林律品不會給他那個機會。

「哈哈，我就喜歡你這口吻。」林律品柔媚地笑了笑，「你一心擁護著他，但你有沒有想過，如果他在這條路走得太遠、把你拋下了，你又該怎麼辦？」

吳以文慢下車速。

「連海聲不會永遠屈居於一隅小店舖，待那時，你就算把房子打理得再完善，他也不會回來了，你別傻了。」

林律品從不相信犧牲奉獻會換來眞情，好比延世相那個小祕書，掏心掏肺的結果就是情郎另娶他人，把她踢一邊去哭，林和家那傻子還一直等著接收那個二手貨。這種大爛戲也能演二十多年，他眞佩服上一代的耐心。

「你還不如快快從了我，我可是未來的林家家主，積優股保證，晚了機會就給別人佔去了！」

吳以文聽了這話，輕蹙的眉頭鬆開大半。前任林家大少爺說過，林律品就是習慣貶低所有人來突顯自己，以爲傷害別人沒什麼大不了，能夠接受這點的話，大概就能和他大弟相處一輩子。

對於所有的喜歡，吳以文都由衷感謝。

「好心動。」

林律品一時間還以爲吳以文答應了。

機車停在古董店附近的社區公園，吳以文重買了一杯熱奶茶過來，林律品笑著接過。

「你猜猜，我今天爲什麼被家裡人追殺？」

吳以文搖搖頭。

「我拒絕所有的婚事；世俗就只有結婚生子這條規則，我忍受不了。」

林律品向父母坦誠祕密的結果，只換來驚恐的目光，父親還嚷嚷著說要打死他，省得他的「惡疾」害林家蒙羞。

「我就是不喜歡女人，我有何錯？」林律品語氣倔強，但表情就像要哭出來一樣。

吳以文拿出紙袋裡的厚外套，把衣服仔細攏在林律品單薄的身上，林律品還是覺得冷，所以伸手把男孩抱得牢緊。

吳以文沒有抗拒，只是摸摸他的頭；林律品好一會才抑回眼角的水光。

「太慢了，你怎麼不快點長大？」林律品忍不住埋怨，害他不敢眞的下手。

「我已經很大隻了。」吳以文認真說道，連繪本中的小灰貓也比第一集胖上兩倍。

林律品「哦」了聲，抬起略顯憔悴的俊容，嘴角噙著不懷好意的笑。

「你頭低下來，我教你一個大人的遊戲。」

吳以文照做，林律品仰首把脣貼近，沒有碰觸，只是往男孩微張的脣呼口熱息，再笑著對他耳根親了記。

吳以文怔怔地睜大眼，林律品非常滿意他青澀的反應。

「你呀，果然還是小孩子。」

這時，林家黑轎車往公園駛來，車頭燈照亮昏暗的小公園，林律品朝吳以文無奈一笑，告訴他要回家面對現實了。

「我今天玩得很愉快，bye bye！」

林律品坐上私家轎車後座，不忘朝吳以文揮揮手。回過頭，神情一變，輕佻地撥了通電話。

「喂，商敏姊姊，我品品呀，事情還順利嗎？」林律品發出甜膩的嗓音，逗得對方嬌笑不止。「有我操盤，妳不用擔心，妳在銀行的信貸我也會替妳擔保。這事看來粗糙，但他抓不到紕漏；醫界袁家和我們林家剛訂了親事，自然是水幫魚、魚幫水，不管他找幾間醫院重驗，結果都會一樣。除非延世相還活著，不然他無法更正那份鑑定報告。」

連海聲靠著幾個傳言弄得人心惶惶，揭開林家背信忘義的瘡疤。雖然林律品認爲一方面也是老家主活該死好，但也不打算任對方揉捏。

商敏在電話中說了幾句撒嬌的情話，林律品也溫柔哄了幾聲「我愛妳」。

「妳放心，我不會背叛妳，我們的合作關係很穩定——直到連海聲倒下爲止。」

四、血濃於水

「我今天不回去吃飯，你自己看著辦。」連海聲來了電話，口氣極爲冷淡，沒等吳以文回答就斷訊。

吳以文卻像沒接到通知，繼續在廚房裡切切剁剁，湯鍋的滾滾蒸氣冒上眼簾，一如過去他在那個家認眞操持家務。

他們不需要孩子，他還是可以當學徒和幫傭。他會做很多事，什麼事都會做，只要有片遮風避雨的屋簷就好。

直到女人有了身孕，男人把他叫來，用命令的口吻告訴他，以後要照顧好弟弟妹妹。他乖巧地點點頭，誤以爲他被男人承認是一家人，想要更努力表現來當個好大哥。

但有天他醒來，男人卻把他帶去白色的牢籠，不顧他苦苦哀求。

男人說：你有病，我不能讓你待在我家，現在只能把你送走。我也是不得已，我盼著自己的孩子很久了，不能有任何萬一。

他就這麼被丟掉了。

手機響起，吳以文回過神來，以爲是連海聲回心轉意，趕忙接起電話，卻是吳韜光打來罵人。

「你今天怎麼沒回家？我等了你一個下午！」

吳韜光的聲音和記憶中的男人重合，吳以文久久無法回應。

「師父對不起……」他不是故意生病的，對不起。

「以文？」

吳以文急忙掛斷電話。他趕緊去翻日曆，嘴上唸著年月日期，一遍又一遍。

不可以發病，不然店長會覺得很困擾。

手機又響了起來，吳以文幾乎拿不穩機子，接通後卻是男人喝醉酒的呻吟聲。

「小夜……」

「我不是明夜。」

然後電話就斷線了。

吳以文呆了一會，把鍋裡爲店長燉煮的魚湯裝進保溫罐，再從藥箱拿出胃藥，出門去餵貓。

他來到郊外廢棄工廠，拉開鐵捲門，越往裡頭走去，空酒瓶越多，從高檔貨到鐵鋁罐都有，他順手收拾起這片狼藉。瓶瓶罐罐發出細微的碰撞聲，換來一記槍響。

殺手躺在紙箱堆疊的角落，扶著宿醉的頭，迷茫看著吳以文，手上的槍倒是已再次上膛瞄準；吳以文無畏地拎起保溫罐，晃了兩下。

「喲，失去寵愛的小貓咪，主人不在，這麼快就找人搖尾巴了？」殺手笑開來，向男孩招招手，目前看來有七成清醒跡象。

「貓咪不隨便搖尾巴。」

「你呀，就是學不會討好別人，來來，笑一個給乾爹看看！」殺手拿槍要脅道，吳以文只在原地發呆。「再有才能的人不會陪笑都沒好下場，最好的例子就是扔下你的主人。」

「老闆是去開會，沒有不要我。」吳以文調高音量頂嘴回去。

好在殺手覺得吃飯比射穿不聽話的小孩重要，沒再冷嘲熱諷，放下槍就吃喝起來。他似乎不能吃太燙的食物，一勺魚湯吹過三次才喝下。但他吃沒兩口，不知道怕腥還是怎麼的，開始噁心作嘔，嘔出一大灘難聞的酸水。

吳以文拿出藥錠，過去熟練地餵藥，殺手任由他靠近、碰觸。

「空腹喝酒胃會爛掉。」吳以文賭命唸了一句，低身清理穢物。

「少囉嗦。」殺手笑了聲，有種說不出的溫柔。「你寂寞的話，爲什麼不找吳韜光？」

「你是明夜的爸爸。你有萬一，明夜會哭。」吳以文糾正道，他並不是寂寞來找人順毛。童明夜不知道他殺手小爹一直潛伏在這裡，吳以文也不知道殺手為什麼一直賴在廢工廠不走，隨時保持待命的工作狀態。

「還嘴硬？當然因為我是親生的，吳韜光只是代養的，在你渴望著父愛的內心，他怎麼比得上我？」殺手一廂情願認定。吳以文搖頭，不知道該怎麼澄清殺手的誤會。「來，給爸爸抱抱，讓我好好疼愛你。」

吳以文仍是搖頭拒絕，下一秒就被槍口抵著腦門。

「我說要抱就是要抱，快過來，孽子！」

吳以文瞇起眼，勉強擠出一個字：「臭。」

殺手怔了下，低頭聞了聞衣領。好吧，小貓咪說的沒錯。

「我問你，你以前會跟吳韜光一起洗澡嗎？」

吳以文點頭，在師父還沒嫌惡他之前，會一起在浴桶裡打水仗。後來他變得又醜又噁心，就沒有了。

「那我也要。」殺手咧開嘴角。

廢工廠沒有淋浴間，只有老舊的洗手台，吳以文挽起衣袖，給好整以暇站著的殺手抹香皀、搓搓洗洗。殺手似乎認定「兒子」生來就是爲了服侍他，這點倒是和吳警官的觀念不謀而合。

殺手脫下黑袍，兩手肌肉飽滿，身軀卻異常地瘦，只剩下外皮包覆的骨頭，不用醫生診斷，看就知道這不是具健康的身體。

「幹完最後一票，我就要退休了。」

童明夜總說他爸退休後他們要一起生活，一而再被這男人花言巧語地騙走獎學金，最後只能可憐兮兮地找吳以文討飯吃，所以吳以文並不相信殺手滿懷滄桑的宣告。

「在我們那邊，出生即決定一生。我姊姊貴爲皇后，就像疼愛親子一般疼愛著我，但我還是無從反抗這個身分，一絲一毫。」

吳以文擦洗的動作慢下。殺手向來就是個瘋子，完全無視社會慣常的道德，當他像個常人文質彬彬地說話，反而給人即將崩壞的恐怖感。

殺手好似說著床邊故事，柔聲呢喃著：那是一個會吃人的國度，禮教至上，從國王到奴隸都以爲這樣的生活很正常，直到某個叫延世相的傢伙帶著國王的新娘子逃跑，原本鐵打的規則亂了套。那人親身示範原來可以反抗，反抗就能得到自由。

老皇帝不容許背叛，派兵要殺叛徒，也因此才會有一群瘋子跟著延世相的屁股後面登上這塊小島國。他們老大布點後發現，哎呀，這裡好棒，幾乎不防備外來者，可以在這裡做任何喪盡天良的歹事。

「於是追殺叛徒的事暫時擱置，我們就各自發展起來。想想眞是一段開心的日子，尤其是你師父當上小警官，奮力追捕我的時候，我到現在仍爲他心跳加速。」

警界人間凶器vs.黑道第一殺手，棋逢敵手，才能造就經典的戰事。至今黑白兩道仍是久仰他們的大名和惡名，像吳韜光一調來市分局，東聯西幫在地堂主立刻撤走堂口，只剩不知死活的慶中被剿滅殆盡。

「只要是男孩子，都會希望是吳韜光那種英雄當父親吧？」殺手說，吳以文似乎有些明白殺手爲什麼總是無理取鬧跟吳警官計較。

「師父……不會做家事。」吳以文努力擠出一個吳韜光的缺點，故意說長輩壞話，當壞小孩。

殺手忍不住笑了：「你可眞體貼。」

「沒有。」吳以文悶悶地回，同時替殺手擦乾身子，換上乾爽的衣物。

「那個不會做家事的英雄的賢慧老婆，不會放過你們。」

殺手話鋒一轉，直指核心，吳以文僵住手腳。

「其實你長得有點像她，我們家族的女性都一個模子出來。大概因爲這點，吳韜光才會收養你。」

「不要說了。」

「我還在觀察，你和她，兩個沉浸在角色扮演的影帝影后，在等什麼？」

吳以文垂下眉眼，艱難地咬字：「我沒有……要報仇……」

「你不恨她嗎？」殺手伸手捧住吳以文雙頰，迫使男孩微紅的眼眶正視著他。「眞可憐，可惜我打不贏她，除非小暟倒戈跟我聯手。」

吳以文猶豫地拉住殺手衣角，生澀喊了聲：「乾爹。」

「嗯？」

「不要做危險的事，明夜會難過。」

殺手親暱地摟住吳以文腦袋，往他髮旋吻了下。

「你演得很好，非常好，我簡直要陷進去了。」

吳以文小小聲嘆氣，抽身出來爲殺手重新備飯，幸好湯還是溫的，他就像個小媳婦般跪在木板床上挑魚刺。

「對了，聽說你要選總統。我一直覺得這個小國的民主制度眞有趣。」殺手吃得滿嘴油光。

「學生會長，貓咪王，不是大貓王。」吳以文糾正道。

「來來，這個送你。」

吳以文擦乾手，從殺手油膩膩的掌心接過一顆子彈，上頭刻著一枚歪斜的「王」字。

「謝謝。」

「這是吳韜光當年打進我胸腔的子彈，是我的幸運物。」

吳以文頓時感受到子彈上頭的戾氣，好沉重。

殺手今晚似乎很開心，跟吳以文說了很多話，單方面向他介紹年少混黑幫的事蹟，還提到天海幫聯義女和他的恩怨，也就是他殺妻滅子的案子。

「她是孤女，活得很哀怨，總像全世界對不起她。我當時太年輕，以為她不喜歡我，找了別的女人。老師有了明夜，我想離開她，她卻說她不能忍受看著別的女人生出我的孩子，於是偷了我的槍，在我面前自殺。」

自殺？吳以文望著殺手，這和他聽說的不一樣。

「那時候中心剛成立，我拜託小𧬽來救，他說母體已經腦死，只保得住孩子，而且就算活下來，也得列管在組織名下。那不是個好地方，四處都是我最痛恨的牢籠，但我每次去看你，你都笑得那麼開心。」

吳以文幾乎拿不住湯勺，殺手瞇著眼，摸摸他的頭。

「你還活著，真是太好了……」

殺手維持坐姿，就這麼在吳以文面前毫無防備地入睡。

星期日早上，連海聲推開大門，瑞奇提著他的公事包跟在身後。店長大人喊了幾聲，店員遲遲沒出來接風。

「老闆！」

連海聲回過頭，吳以文正急急從外頭趕回來，衣衫不整，身上還散發一股酒味。瑞奇捂著鼻子，不等吳以文說明，就先用眼神鄙夷到底。

「你去哪裡亂來了！」連海聲氣急敗壞地質問。

吳以文無法交代行蹤，連海聲要是知道他仍然與殺手保持聯繫，假裝自己有爸爸，下場離剝皮不遠。

連海聲看吳以文默認罪行，氣得一聲令下：「出去！」

吳以文聽店長聲調不對勁，只是入內端來溫水和藥劑。連海聲抓起盛水的白釉碗，動手就往吳以文腳邊砸，瑞奇著實嚇了一跳。

連海聲發完脾氣，轉頭走向店後，把吳以文丟在身後收拾殘局。瑞奇看吳以文撿碎片撿得很習慣，知道他經常被這麼對待。

瑞奇環胸笑道：「人說作賤也有底限，我看你怎麼沒有呢？」

吳以文只是埋頭清理，不漏下一小塊會傷人的碎片，瑞奇好想一腳往他捧著破瓷片的手踩下去，皮開肉綻看他會不會哼個一聲？

「小咪，要吃什麼？」

「你真的是……白痴！沒有血緣、沒有關係，再怎麼努力討好也不可能受到疼愛！」

「我知道。」

吳以文平靜的口吻透著一股孤子看透世情的絕望，使瑞奇忍不住跟著胸口發冷。

連海聲午後果然發起燒來，店長亂發脾氣總是生病的前兆，吳以文貼身在床邊看顧。

連海聲心情不好，連帶吳以文那張缺乏情緒的撲克臉也看不順眼。

「滾邊去，你做什麼都沒用，我遺產一毛都不會留給你。」

「我可不可以，要老闆的骨灰？」

「想幹嘛？」

吳以文沒應聲，只是在膝上的素描本塗塗寫寫。

通常店長生病，店員的精神也會跌落谷底，華杏林說他們主僕倆對彼此的交互作用已經超乎雙胞胎的心電感應。

連海聲不是沒發現吳以文這陣子情緒低落，他給瑞奇那些像樣的待遇，比較之下，顯得店員很卑微。

「文文，不能再這樣耗下去，你搬回家吧？」

吳以文手上的素描本應聲落地，夾在指間的色鉛筆也一支支墜下，在地板上叮叮咚咚。

「我沒有別的意思，就叫你回家住一陣子，你聽話。」

吳以文點點頭，連海聲以為解決掉一樁心頭憂患。

連海聲安穩地睡了一覺，醒時病情緩和不少，能自己起身穿衣。他戴好變色片，套上海藍長條紋襯衫，扣上袖釦，再從衣櫃拿下白色休閒褲。穿戴整齊後，將長髮梳理成束。

人生來不過一具皮囊，死也要死得儀表堂堂。他堅信儀表是社群最好的武裝，他在外人眼中，永遠都要是光鮮亮麗的連律師、連老闆。

連海聲昏沉走出臥房，卻看到吳以文呆呆地拿著掃把在角落背日曆。

「文文？」

吳以文手腳縮了下，良久才擠出一句尋常的問候。

「老闆早安。」

「你這樣子要出門？」連海聲皺起眉頭。吳以文似乎渾然不覺自己的裝扮有多糟糕，蓬頭垢面、皮帶外翻，還能從褲頭看到貓咪四角褲，提著未扣的黑書包，而且一臉要死不活。

「上學。」店員呆板回話。

連海聲過來把吳以文領子理平，重新繫好他的學生領帶，用長指順了順那頭細軟髮絲，好不容易才弄出一個人樣。

「你看你，都幾歲了？」

吳以文只是垂頭看著地板，跳回上個問答題：「老闆，我去上學。」

連海聲沉下臉色，這笨蛋該不會又壞掉了？

吳以文注意到店長不悅的神情，握緊書包，努力掩飾自己的異狀。

「早、早餐在桌上，我去上學……老闆……再見……」

臨行前，店員向店長擠出一記他以爲能討人歡心的笑容。

「嗯，快去吧。」

連海聲當作什麼也沒發現，看著吳以文同手同腳走出古董店。

他回頭坐上起居室的沙發椅，昨天只顧著發脾氣，什麼也沒吃，但盤裡的蛋焦乾一塊，吐司邊也切得零零落落，不符合他追求完美的胃口。他勉強吃了一口，差點吐出來，太鹹了，一向精準調味的店員很少犯這種錯誤，除非狀態眞的很不好。

瑞奇走出客房，微笑向連海聲問安，直接坐在他對面用餐。他知道吳以文走了，不用特別擺臉色，早飯吃得津津有味。

連海聲對這小子的味覺不予苟同，直說這頓飯是餵鹹魚。

瑞奇咬著撒滿胡椒鹽的鮭魚片，笑容甜美表示：「我一向吃重鹹。」

「重鹹？」連海聲好像聽見什麼本土口音。

「啊，我是說……『salty』。」

「你不吃素了嗎？」

瑞奇手上的叉子懸在半空，他的上流人士形象出包了。

「你是故意和他唱反調對不對？爲什麼要這麼做？難不成，你其實很崇拜那小子？」

「怎、怎麼可能？連先生您眞愛說笑！」瑞奇高八度笑道。

連海聲那雙鳳眼凌厲望來，瑞奇嚇得幾乎握不住刀叉。

瑞奇私下的小動作連海聲都看在眼裡，但那些冷嘲熱諷之於在刀口上生活過的吳以文，大概比搔他癢還不如。瑞奇造成的傷害不是來自於他蹩腳的演技，而是「親生骨肉」和他那張表情生動的笑臉。

連海聲很不想承認，說到底，還是他的錯。

「商公子，今天我不太舒服，麻煩你自力到校。」

「是，我可以自行處理。」

「還有，我聽說市郊有間信望育幼院，環境不錯，不知道他們收不收十六歲的少年？」連海聲擱下刀叉，美目彎起月牙。

瑞奇一顆心幾乎要提上喉頭。

把所有死小孩都趕走後，連海聲一上午都坐在櫃台前虛度光陰，想著擺設古物的水晶櫃沒人除塵，這裡會變成什麼模樣？

几上的轉盤電話鈴鈴作響，連海聲不悅拿起話筒。

「大美人，早安！」

「白痴，幹嘛？」連海聲沒好氣地回，林和家似乎忘了他們不久前才大吵一架，腦子不好眞可悲。

「我關心你嘛！」

「說重點。」

連海聲身體不適，沒力氣跟林和家耍嘴皮子。

林和家不再廢話，直問道：「商敏那個兒子，眞的不是阿相的孩子？」

「千眞萬確，我驗過ＤＮＡ了。」

「這樣啊。」林和家笑得很淡，連海聲聽起來有些不尋常。「阿相都死成灰了，你怎麼驗？」

「我自有辦法，你別找碴。」

「我可從來沒懷疑過你過人的智識，只是世上總有聰明才智解決不了的事情，擔心你碰上麻煩。」

「你又知道什麼了？」

連海聲從以前就討厭林和家那副心靈導師的死德性，自以爲可以解答人生各種煩惱，就是想看人示弱來顯現自我的優越。

話筒那邊靜了一陣，然後傳來林和家擔憂的聲音。

「海聲，出了什麼事？」

連海聲一點也不想告訴林和家，他弄巧成拙了。

他當初只是想坐實延世相有孩子的謠言，把謀殺案的參與者嚇得睡不著覺，結果白領那隻老狐狸還是過得心安理得，調戲他不遺餘力；嚇得失常的只有他家店員，得不償失。

「跟小文有關，對吧？」

「你閉嘴。」

「可我眞的好想知道，你爲什麼會說小文是阿相的孩子？」林和家知道這人從來不說眞心話，只能從他滿口謊言中尋找無心洩露的眞實。

「就爲了欺騙你這個該死的老處男。」連海聲惡聲惡氣地回答，好像他從來沒做錯事，是全世界對不起他。

「哎？」林和家不知道爲什麼問題會反掃回他身上。

「你沒有孩子，內心空虛又滿懷罪惡感，我就想，只要我這麼說的話，你會將他視如己出。」

原來如此，林和家回以溫柔不過的笑語。

「我很喜歡小文呢，除了他和阿相那層關係，還有因爲他和你很像，有種不甘於現實的傲氣。」

林和家向許多與古董店來往的人打聽過，吳以文對店長以外的世人都很高傲，就算好言相勸他一個小雇工就該有雇工的樣子，謙卑遵從社會的規範，但吳以文從來沒當一回事，繼續用那雙貓眼睥睨凡夫俗子。

身爲延世相的好朋友、親親閨蜜，眞正見識過天才的林和家很能體諒吳以文不乖巧的行徑，誰教強者總是不可限量。

「你喜歡有屁用？林家會讓你收養一個外姓子嗎？」

「海聲，所以你眞想過要把小文交給我照顧嗎？」林和家聽了亂感動一把，吳以文可是古董店最可愛的小寶貝，竟然能獲得保管權，足見連大美人對他的信任。「我一定會盡心教養他，每天摸摸揉揉抱抱，給他我所有的愛！」

「去死吧變態！」

「可是就算我喜歡得要命，那孩子只想待在你身邊不是嗎？你如果總是爲彼此不安定的關係而煩惱，不如趁機會收養小文吧？」

「林和家，你根本不明白。」

「那你就說給我聽，我懇求你向我傾訴，一字半句也好。」

連海聲喉頭哽了哽，想掛電話，最後還是抖著嗓子回應。

「我撿了他兩次，你大概會說這是緣分，但我只覺得那是惡夢。他如果不要碰上我，今天就不會是這個樣子。」

華杏林一直在查吳以文當初和他分開之後發生的事，從吳韜光的說詞和發現男孩時的慘狀推斷，他們夫妻把小孩送去精神療養院後，小孩遭虐逃跑，再次遇上了他。她說還有許多疑點待釐清，像是吳以文身上的衣物爲什麼沾滿他人血漬？他不想知道細節，只叫她想辦法把人治好。

幸虧男孩見鬼的體質，可以從半殘復元到完整無缺，但身體好了卻無法說話，臉部表情癱瘓，只能像個機器人接受命令後執行。華杏林特別註記，只接收他的命令。

可能因爲男孩遭遇到的事太可怕、太痛苦，不得已全部忘掉，只記得住他一個人。

不論他如何責備男孩、冷嘲熱諷，男孩都不會反抗，是非常優良的出氣筒。有天男孩癔病發作，失手摔破碗盤，他就笑說：「眞沒用，你怎麼不去死？」

當時男孩雙手都是碎片劃破的血口，不說痛，只是怔怔望著他，像流連生命最後一絲眷戀。

隔天清早，他被一聲尖叫驚醒。

他走出房間，看到華杏林跪在地上急救，白袍上都是血，男孩握著染血的小刀，動也不動，就這麼親手了結自己的性命。

聽了他的自白，電話那頭久久沒有回應。

「林和家，沒有父慈子孝的溫馨故事，我跟他之間只是加害者和被害者的鬧劇，你滿意了嗎？」

「海聲……」

「我就是金玉其外的垃圾，你滿意了嗎！」

連海聲摔了話筒，雙手顫抖地捂著臉，不知道這種折磨是不是到死才有結束的一天。

小喵喵話劇團今日要開拍宣傳短片，劇組已經就位，他們的候選人卻不在狀況內，頻頻恍神忘詞。

「卡，先休息！」導演童明夜叫暫停，楊中和立刻放下手上很重的攝影機。

「阿文，你怎麼了？」

吳以文搖搖頭，像平常一樣把事放心中；但這種時候大伙都希望他能解釋一句，就算幾個單詞也好。

「沒關係，我們先吃飯，吃飯吃飽飽！」童明夜打開餐盒，沒想到竟然空蕩蕩一片，一粒米也沒有。

「我忘記……做便當……」吳以文呆滯地說。

「阿文，你怎麼了！」童明夜忍不住抱著小文文親親搖晃，這病情有點嚴重啊！

楊中和擔心的問題果然發生了，吳以文這個人有個致命的弱點，就是他強起來可以跟整團黑幫槓上，低潮的時候卻廢得有剩，精神不穩定。

童明夜身為好友，趕緊幫吳以文人道急救，拿起手機直撥天海本部，大堂主好心再幫他轉接孫千金，不一會，手機螢幕顯現陰冥幽怨的蒼白臉孔。

「姊，妳快回來，阿文要死掉了！」

「關我屁事。」陰冥冷淡以對。

「妳就別嘴硬了，妳這高山一枝梅的性格，世上受得了妳的男人也不多，阿文就是最愛妳的一個。而且照我爸訂下的婚約，要是妳不跟他在一起，就得跟我在一起。雖然妳很漂亮，卻剛好不是我能應付的類型。」

「夜，少廢話。」陰冥強制截斷童明夜囉嗦的口舌。

「妳行行好，至少給他幾句話鼓勵，拜託妳了！」

童明夜將手機遞上吳以文耳邊，吳以文虛弱地呼喚一聲「學姊」。

「只會跟我哭訴，在連海聲面前一句苦水都不敢說，有什麼用？」

「我沒有辦法……也沒有選擇……」

「你這他媽的賤骨頭！我受夠你們主僕倆的狗血戲碼，你有種就立刻收拾東西，到我這裡生活，把你的過去全部斷絕，永遠都不要回去！」

大伙心頭一驚，等等，這是什麼意思？陰冥學姊是在向小文學弟求婚嗎？

吳以文對著電話搖頭，陰冥就摔了自己的機子，結束通訊。

「阿文，小冥姊姊比我想像中的還喜歡你耶……」

「我知道。」

即使童明夜突襲換來陰冥間接告白，吳以文還是像具死屍，徒然睜著雙眼，完全失去情緒表達的能力。

楊中和大嘆口氣，之前那場綠野仙蹤的話劇演出已經因爲吳以文脫序的行爲栽過一次，這樣下去不行。

「明天登記截止，不如你們換人選吧？」

童明夜看向一直不吭聲的林律人，林律人眼鏡下的細眸瞪著楊中和。

「我原本最看好的就是你，新閣中學標榜的是上流，而他們候選人再高貴也貴不過名門林家出身的你。你們的理念是平等，而你——林律人公子——要跨越階級，只要從高處走下來，微笑揮揮手就好。」

「楊中和同學，你好大的膽子。」

「我只是實話實說。」楊中和大無畏地回應。

這個國家的民主聲稱人民作主，但說穿了不過是金字塔頂端的人在玩大風吹的遊戲，沒有血統，連入場的門票都拿不到手。檯面那些標榜「平民」的政務官，背後都有不平凡的金主。這二十年來，政壇唯一一個例外，就是延世相。

他和財團親近，每個大企業都是他的合作對象，但沒有誰——包括拱他上位的林家，可以左右他的意志。

平民百姓都喜歡傳奇，楊中和自小就崇拜那個人，看他瞇著一藍一黑的漂亮眼珠，在螢光幕上暢談權貴的笑話。富人和窮人在他眼中都是愚笨的弱者，只能伏地膜拜他的才智，社會也就平等了起來。

可能因爲他同學和延世相之間有著說不清的關係，楊中和忍不住把自己的期望加諸在吳以文身上，希望他能改變世界、希望他能創造一個令人永生難忘的奇蹟。

但說到底，這都只是他一廂情願罷了。

楊中和與林律人沒有僵持太久，眾人肚子一起發出咕嚕聲，大家都餓了。

吳以文有氣無力地站起身，從身上掏出一把鑰匙。

「阿文，那什麼？」

「家政教室。」也就是貓咪大廚的備用廚房。「吃飯，吃飽飽。」

「眞懷念，我們差點在那裡被先姦後殺。」童明夜燦笑以對，以爲這樣說可以緩和凝重的氣氛。

「什麼？」楊中和尖叫一聲。

林律人得意地挪了下眼鏡：「哼，你不懂。」

楊中和非常慶幸他的無知。

吳以文搖搖晃晃地走了兩步，林律人和童明夜立刻上前扶住他，沒有半句指責和埋怨，只是擔心。

「對不起，我還不夠成熟。」吳以文低聲說道。

「阿文，是我們不該逼著你長大。」

「我……」林律人想要頂下這件苦差事，卻被吳以文出聲打斷。

「我要選。」

吳以文回頭望向楊中和，兩人對上視線。

「我會贏。」

吳以文為了不辜負小和班長的期望，努力保持清醒不睡覺，反正他曾經連續一個月痛得沒睡也沒有死。

等小咪和店長大人就寢，他就溜到店前，抱著咪咪窩在水晶櫃旁，口袋備有一支美工刀，以防自己入夢。

正當吳以文以爲一切穩妥，身後卻傳來腳步聲；吊燈打開，連海聲披髮赤腳站在出入口，把半夜不睡的店員逮個正著。

「笨蛋，你在幹嘛？」

「……咪咪睡不著。」吳以文勉強擠出一個藉口。

連海聲心裡只有一個感想：眞是智障。

「過來。」

吳以文連忙起身，連海聲拉住他的手，帶他進主臥房，關上紅木門板。

「你今天晚上怎麼躲起來了？你這小子，憑什麼跟我置氣？」連海聲瞇起美目，凶惡地質問店員。

吳以文搖頭，他只是不想被遣送回家，把自己藏好，店長說不定就忘記這回事。

「你明天……」

「老闆晚安！」

「給我站住！」

吳以文要逃，被連海聲抓著不放，兩人拉扯之下，店員口袋的美工小刀掉落在地。

「這什麼？你帶著刀子幹嘛？」

「防、防家暴……」

連海聲氣得拉過男孩右手，往他手背啪啪啪痛打十來下，全力家暴笨蛋。

「你除了身體健康還有什麼優點？你敢再傷害自己，就永遠不要出現在我面前！」

「老闆，我傷好很快。」吳以文只是以為痛兩下換來意識清明很划算。

「白痴，我賺那麼多錢，我會燒鈔票取暖嗎？凡事都有輕重，你覺得你那條命不重要是吧？」

吳以文幾乎要點下頭，所以他才會總是被丟掉。

連海聲看男孩呆傻的樣子，倍感無力，才幾天沒看著就故障給他看。

「你又怎麼了？」

吳以文直搖頭，打死不說。

「是不是又作惡夢？」連海聲從上頭可以看見男孩不安抖動的眼睫毛。他五年來從沒有過問，今晚不知怎地多管起閒事：「那是什麼夢？我在裡面嗎？」

吳以文又搖頭，那之所以爲夢魘，就是因爲他怎麼呼救都等不到眼前這個人。

「老闆，我回房間睡覺，會乖。老闆晚安。」

連海聲握著美工刀，怎麼放心得了吳以文離開他視線？

「站住，今晚睡這裡。」

連海聲上床拉開絨被，把半邊床位挪給故障的店員。

店長命令，店員不敢不從。吳以文輕手輕腳爬上床，抱著咪咪瑟縮在床尾一隅，使得連海聲大發慈悲分過去的被子都只能蓋到他屁股。

連海聲內心天人交戰，終究沒把人踢下床，而是將吳以文拖來自己身邊。吳以文整個人埋在被窩裡，只露出半顆腦袋。

「老闆，對不起，我會快點好起來……」

「你也知道給我添了一堆麻煩啊？」

吳以文兩指拉住連海聲睡衣衣角，這個小動作從小到大都沒變，連海聲一時還以爲這男孩子只有當初的十歲多。

「文文。」

「老闆……」

「人說血濃於水，但血緣對我來說沒有意義，管它親生的、不是親生的，在我眼中都一樣。」

吳以文微聲地說：「一樣的血，就能待在老闆身邊。」

「愚蠢至極！你這些日子灰心喪志，就爲了這種不可能實現的心願？你想想，除了你以外，我身邊還有誰？你也跟著我五年了，爲什麼就是不能明白這點！」連海聲低首貼近吳以文耳畔，嗓子從嘶吼轉而輕柔哀訴：「我這個人薄情寡恩，把心裡那一點感情全給了你，你還有什麼不滿意？啊？」

吳以文死死抓著連海聲衣襬，好不容易才擠出一句委屈：「老闆都不跟我說話……」

「因爲我要作戲給外人看啊！不理你幾天會死嗎？」

「會死……」

連海聲顫抖雙脣，心頭好像有什麼跟著碎開。

「就叫你不要太喜歡，你又不是不知道我是什麼人，把自己弄得要死不活很有趣嗎！」

「可是我，最喜歡老闆了……」吳以文幾乎要哭出來。

「你就不能……不要這麼傻嗎？」

只要吳以文願意放棄，要什麼連海聲都能補償給他，但男孩就是死心塌地留在他身邊，總讓連海聲誤以爲吳以文本該是他的所有物，可以一輩子霸佔著，不用還給任何人。

隔天早上，瑞奇出房梳洗，看見古董店主僕倆已經穿戴整齊，連海聲蹺腳看報、吳以文半跪在桌前切肉排。他喝著溫牛奶，眼神在兩人之間逡巡，似乎有什麼不一樣了。

飯後，店員恭送店長和小客人出門，琉璃門板開啓，銅鈴清響送行。

「老闆，路上小心。」吳以文屈身行禮，連海聲止步回眸，兩人沒有交流，舉手投足間卻有股無形的默契。

瑞奇感到無比挫敗，他的任務是離間，但他明白商敏的計畫不可能成功，誰也插不進他們倆的世界。

五、白領

延世相死後，中央政府連環爆出弊案，現任工黨領袖、大總統范語堂，幾乎要抱病磕頭下台，政界一片低靡，僅靠兩巨頭撐著人民的信任——青天法官嚴清風、行政龍頭白領。

白領出身良好，父親曾任兩屆大總統，母親是商業鉅子。父親因貪瀆退出政界，他就棄商從政，接手父親的人脈，將經營的事業交給妹妹白錦儀。全國有一半的企業和他家族相關，媒體高層也與他關係密切。他是共和黨的人，工黨領頭的政府卻不得不任命他做行政院長，可見他的影響力超越黨派。

白領的民望從延世相死後逐漸攀升，比六年前他代表共和黨競選大總統時還要高出許多。很多人說，如果不是因爲延世相，白領不會直到六十歲才出頭。

上屆總統大選辯論，白領對上延世相。不管政界和商界，沒有人料想延世相會去幫工黨候選人站台。延世相那個人奉行菁英主義，有萬年的行政職權，對選舉向來興趣缺缺。而就因爲延世相意外表態和他一席批評官場世襲的犀利言論，最終工黨勝出，奪得總統大位。

延世相曾是白領的妹夫，白領大力提攜過他，所有人都罵延世相恩將仇報。延世相卻滿不在乎地笑了笑，向若干老人官僚說道：「下次，我會親自出馬。」

法律年滿四十就能參選大總統，若是延世相眞的披戰袍上陣，白領可能再也無法實現他的總統夢。

所以，不少人背地揣測，大禮堂爆炸案，主謀就是白領院長。

連海聲也是這麼看待白領這隻老狐狸。

他依約來到白領辦公室旁的會客室，這裡布置得比嚴清風那間還簡樸，不見白院長早年奢華作風，白狐狸眞是越老越會裝了。

會客室的電子門打開，走來西裝筆挺的老紳士，從手上的錶到腳下的鞋，無一不是精品，一開口卻是逆著上流社會風格的濃厚鄉音。

「偶的美人兒，什麼風兒把你吹來了～」

白領當年爲了選舉，把口音練得接近市井一些，後來可能因爲落選打擊太大，現在說話都是這個調調。他也眞的因爲鄉土老人腔，獲得廣大民眾的喜愛，說什麼白院長眞是自然不做作。而連海聲只覺得眞是個油滑又虛僞的死老頭子，這些年來不停進化他老奸巨滑的本事。

連海聲不跟他廢話，直接向白院長挑明：「我需要時間，請幫我拖延商敏提出的任何訴訟。」

「海聲，看來『世相之子』眞的嚇到你惹。」白領吃吃笑道。

連海聲沒好氣回道：「如果你家就要被拆了，你能不急嗎？」

以連海聲對商敏的認識，那個瘋女人拿到古董店珍品所有權的當天，就會開怪手來砸店。區區一棟房子還在她賠償能力範圍內，到時候吳以文一定會想不開用肉身去擋。

連海聲只要想到小店員會哭，就無比心煩。

「要偶幫你可以，趁這個機會，把你和世相的關係說清楚。」

連海聲對白領揚起美目，毫不客氣，單刀直入：「我要幫他報仇，殺光你們這群狼心狗肺的老傢伙。」

「海聲，你連林家都扳不倒了，還想弄偶？」白領聽得哈哈大笑。

連海聲由衷嘆口長息，計畫至今半殘，還不是因爲他有個笨蛋拖油瓶？

白領走向連海聲，在他身旁低聲耳語。

「我說我沒有殺世相，你信不信？」

「不信。」

「別這樣，白哥哥好傷心。」白領半垂下眼，眼角的皺摺讓他顯出幾分蒼老。「我被當作眞凶五年多，滋味並不好受，這世上也只有阿家明白我的感受。」

「那你何不證明自己的清白?」

「因爲我不是那麼清白，你認識的每個人都不清白，政壇唯一清白的只有嚴清風。」

連海聲微瞇起眼：「你有名單?」

白領半張著口，似乎一時得意忘形，說溜嘴了。

「也就是說，所有人都要他去死，只差在主謀還是共犯。」連海聲低低笑了兩聲。

「我很後悔。」

「貓哭耗子。」

「眞的，我以爲自己足以取代世相，但你看我現在落得只能明哲保身，什麼政務都推行不了。早知如此，當初他們拿槍對準我和我家人，讓他們殺光就好了。」

「你有被脅迫屈服的證據嗎?」

「完全沒有。」白領說，連海聲冷哼一聲。「現在有了，南洋政府來函要談貿易，年讓利三百億美元，代價是決定我國總統候選人。」

「好笑，區區三百億，不會自己賺嗎?哪裡須要跪下來乞討?」

「海聲，問題就是我沒辦法，這些年國內經濟低迷，稅收趕不上舉債，我只是個小商人，經營不了整個國家。」

白領一直是改革派的人馬，水裡來、火裡去，連海聲從沒看他示弱過。

「白院長，南洋那邊沒有帳面上的好看，他們地下皇帝也差不多要死了，到時候南邊的海嘯掃來，彼大此小，我很懷疑，這裡還有沒有辦法剩塊皮？」

白領就想聽到這種答案。再小的政令總會有半數的人反對，正反方爭執後才取得最大利、最小弊的共識，當所有人都說利多的時候，也就代表著他身邊的人全被收買光了。

「可是我拒絕交易，他們就會轉向支持申家出線。申家有多垃圾，殺警、販毒，不用我多說了吧？」

「太好了，我就想看著你們亡國。」

「海聲，請幫幫我。」

「店我不要了，商敏我也不管了，只要你把名單交出來。」

白領按著眉心，重重一嘆：「海聲，知道又如何？你能殺光所有人嗎？你還年輕，能不能忘了那件事？」

「你有死過老婆嗎？一個加害者，竟然不是跪著求饒，而是高高在上叫受害人放下仇恨？真是好笑！」

「弟，對不起。」

「誰跟你兄弟？垃圾。」連海聲死死瞪著這個爆炸案後，頭髮一夕花白的男人。

白領望著這名漂亮的男子。這人總以爲世間沒有誰比他聰明，以爲誰都看不穿他淺薄的僞裝。

「錦儀喜歡你那家店，之前林家找你麻煩，她特地拜託我維護你，這回也是。小儀這輩子只愛過世相，我不難發現，她說起你的口氣和談論前夫一模一樣。我的確是幸災樂禍看你去死，你對不起我妹妹，你活該。」

連海聲抑住快要爆發的情緒，冷冷睨過白領一眼，提著公事包要走，白領快步向前拉住他，轉眼間，老臉堆滿討好的笑容。

「是偶錯、是偶不對，請讓偶好好補償你。」

「怎麼做？」

「世相沒有孩子，你有。」白領饒富情感地凝視連海聲清冷的面容，語調也柔和起來。「商敏這事偶也得負一些責任，因爲是偶說要是延世相有孩子，偶就要栽培他當繼承人。怎料這風聲傳出去，商敏兩腿間就蹦出一個子來，嚇死偶了！偶的目標一開始就是傳聞是世相私生子的你家小店員。」

「繼承人？」

「大總統。」

「哈！」

之前林家瞎眼的大少爺才拿家主之位遊說，現在白領又使出同一招把戲，可見天下人都知道連海聲的小寶貝叫作吳以文。

「我不是玩笑，你大概知道，申家先前想弄我，他救過我一條命。」

連海聲當然知道，月前一等中校外教學，他派店員盜取白領的文件，沒想到那小子被捲入白院長的謀殺案，赤腳揹著被綁票的老狐狸走了兩公里山路到醫院急救，回來被他罵多事，讓人死了不是很好？

「海聲，有勇有謀，他才十六歲啊！」白領事後多方打探，才知道救他的男孩子就是妹妹口中的小文弟弟。

「他又與我何關？」

連海聲再再否認，但白領不以爲意，摩挲雙手，繼續遊說下去。

「我有個想法，你不如和我妹妹再婚，領養小文，讓他代表我白家出線，對他未來的仕途容易得多。既然是一家人了，我一定會幫你度過難關，這樣一來，你也可以安然放下過去的事。」

白院長眞覺得這主意太棒了，燦笑看向連海聲；不料，大美人一拳揍向他鼻子。

白領摔倒在地，連帶掃下桌上的文具，外面的警衛趕忙進來察看情況。白領只是捂著滿臉鼻血，揮手示意警衛離開，順便把門關上。

「你知道當年爲什麼我要幫范語堂競選？因爲我討厭你。」連海聲不再演戲，完全展現出他厭惡的神色。

白領勉強扶著桌緣站立，吃痛笑道：「你討厭虛假的家族文化，又不得不妥協，拋棄我妹妹、對你一片痴心的小祕書，跑去娶林家的女兒，甘願認雜種當兒子。結果呢，林家是怎麼對你這個撿破鞋的姑爺？延世相，你活該！」

連海聲指節擰得發白，胸口突突跳動，一股氣血湧上喉頭。

「我收到內部消息，林家私下和商敏聯手對付你，既然你一個人扳不倒，就先和我結盟吧？事後找時間叫小朋友過來跟我談談，我很喜歡他。」

連海聲沒有答應，只是冷峻地說：「我還有約，派輛車給我。」

白領掐著鼻血不止的鼻頭打電話，怪聲怪氣向屬下吩咐。

連海聲走前，白領又說：「海聲，那孩子不是簡單人物，城府極深，你別太相信他，至少別給全部。」

「這種挑撥的話再說一次，我就抄了你院長的位子。」

「好吧，就當作老人家多管閒事。」

連海聲擰著眉心，驅車來到市區的咖啡廳，撐著虛浮的雙腿走進店裡。他的委託人端正坐在角落隱蔽的包廂，已經等候多時。

「林小公子，你有什麼事？」

林律人仰起清秀的面容，雙唇微啓。就是他以林家的名義，請來連海聲當臨時顧問。

連海聲不等林律人招呼虛禮，逕自坐上對座，扯下領帶喘氣。混帳，被白領那老妖怪氣得夠嗆。

「我想請你幫忙學生會長選舉。」林律人開門見山說道。

「知不知道我鐘點費多少？你拿來扮家家？」

林律人在這人面前總有股莫名的壓力，放不開手腳。

「這五年來幾次大選，林家發現你居中操盤，凡是你支持的那方不管聲勢再差，最後總會贏得很含蓄。」

「那又如何？」

「我想贏，而且是所向披靡那種大贏，請你指點我一二。」

連海聲垂眸打量著他，林律人幾乎壓不住胃裡泛出的酸液。

「就我所知，你並不是候選人。」而是他店裡那個近來喵叫不休，開心得尾巴都快翹起來的笨蛋。

林律人兩手捧著花茶，顫顫啜了一口，露出一瞬「好難喝」的表情，才定下心神。

「一中都是競爭上來的學生，本身就是利己分子，他們一樣喜歡多才多藝的明星人物，但最重視的還是自己的前程。校內多數人對『公眾』不感興趣。要激起校內學生的熱忱，只能從外圍贏回來；當所有人都在討論他們本來了解的人物，他們會感到恐慌，這麼聰明的自己竟然被潮流拋下？到時，他們會比誰都要狂熱支持。比起我和童明夜，以文的出身更能爭取外校學子的認同，他家庭一般——至少表面上是，平凡卻又不平凡，能讓普通學生投射情感。只要拉升公眾討論的熱度，他一定會贏。」

「嗯，你的想法有理。」

林律人不可思議地抬起頭，以爲這人口中只有毒辣的話語。

「可你的動機，我不懂。」

「以文是我朋友。」

「朋友？白痴。」

「不白痴，你是和家小舅的朋友，你應該能明白我們林家口中朋友和兄弟的意義。」

「你搞錯了，我和林和家只是合夥人。」

「那麼我比和家小舅幸運得多。」林律人忍不住回嘴。

連海聲沒有生氣，他所認識的人們對吳以文的評價多是「重感情」，純就青少年扮家家酒的角度來說，林律人沒有看錯人。

「你拿你以後仕途的紅毯去換你以爲的友誼，等你們畢業之後，你就會後悔了；越是盡心盡力，越是不值得。」

「値得的。」林律人看著平放在大腿的手背，述說起他和吳以文相識的經過。「我的動機就是我的私心。他一年級被學長欺負，我看見了卻沒有幫他。如果我們從此天涯陌路也就算了，但現在我們是那麼好的朋友，我有愧於他，一定要幫他討回公道，讓曾經看不起他的一中學生匍匐在他腳下。」

連海聲認爲，人之於名利，就像蛆蟲聞見腐肉，沒有人不喜愛。但當他用選總統的戲言羞辱白領後，林和家連夜跑來他家，激動地問他眞的嗎？他眞的願意站出來當國家的領航人嗎？比誰都期望他能出頭。

林和家總以爲他是最好的，害他想承認自己做人失敗都難。但他不相信虛妄的友情，於是重金下聘林家，這樣他們就是眞正的一家人。

他寧願辜負那女人的心意，也不想辜負林和家的崇拜，林和家還有臉指責他薄倖，眞是大混蛋。

連海聲將心思轉回眼下。

「延世相死前，已經和你母親登記結婚。」

林律人一怔，不明白連海聲爲什麼提起亡母。

「你是延世相的繼子，原本有資格繼承他的遺產。」

「我不能要。」

「爲什麼？」

「我從來沒把那個人當作爸爸。老實說，我當時很討厭他，林家上下都把延世相當作敵人。後來回想起來，他不喜歡音樂卻送我琴譜，親自帶我們母子去聽演奏會，對我並不差。」

「你一直都很老實。」連海聲淡然地說，林律人有些困惑地看著他。

早在五年前，林律人就親口告訴過他，不要父親也不要榮華富貴，他只想和母親一起平靜地過日子。他覺得小小年紀能有拒絕大人的勇氣和這麼清晰的口條實在不容易，以為林律人可以栽培，於是答應領養這個父不詳的孩子當繼子。

「但選舉不能太老實。」連海聲緩緩說道，林律人激動望來，這表示對方願意教他東西了。

他們談了一個下午，林律人趕著做筆記，深怕漏掉任何重點。他抄寫到後來，越發覺得這個人的經歷和他年紀不符，坐在面前的人應該是和家小舅那輩的男子才對，不然他怎能侃侃而談二十年前林家合作過的案例？

「我研究你家甚深。」林律人疑問還沒出口，連海聲就代為回答。

「為了剷平林家嗎？」

「你很聰明。」

林律人不知道這算不算是對方第二次稱讚。

「現在還不到時候，不過我篤定，林家快不行了。我必須說，你拋棄延世相兒子的名義選擇林家，眞是不智的抉擇。」

「我留在林家本就不是爲了享受榮華富貴，而是報恩。我知道老家主和太多勢力交惡，包括延世相出身的平陵延郡。我大哥驕矜、二哥單純，他們撐不住的時候，我會想辦法撐住，直到每個人平安逃離破船。」

「愚蠢。」

「不愚蠢，這就是家人。」

連海聲只是口頭威嚇兩下，沒想到林律人已經預見家族衰敗的未來。他沒安慰悲觀而纖細的林家三公子：別擔心，林家出事，你那遠在南洋的小舅舅一定會飛奔來救，就是個大白痴。

時間到，林律人拿出支票要簽字，連海聲擺擺手，不跟小朋友收費。

林律人初見連海聲就有個念頭，這時強烈浮現心頭：這個人一定認識我。

連海聲拿起公事包要走，走前頓了頓，輕聲向林律人致意。

「你母親的事，我很遺憾。」

林律人習慣性否認：「沒關係，我差不多忘了。」

「怎麼可能忘了？你那麼愛她。」

「你怎麼知道？」

「我是延世相的律師。」

林律人拿著被退回的支票，喃喃說起他一直想替吳以文向連海聲申訴的話。

「連先生，你對以文不好，不管我怎麼勸他都不願意離開，但我又能明白他的心情，因爲你對他是如此重要的存在。就像我母親，我希望她也能愛著我、回頭抱抱我……我已經不可能實現，他還有機會……我好希望以文……能幸福快樂……」

林律人控制不了情緒，哭得一塌糊塗，願意在空白支票填上他的所有，請連海聲珍惜那個薄命的男孩子。

瑞奇在古董店外深吸口氣，揚起唇角，笑容滿面推開大門。

「連先生，我回來了。」

燈雖然亮著，可是連海聲不在，瑞奇走向店後探看情況，廚房傳來聲響。他躡手躡腳走過去，發現吳以文正捧著鋼盆打蛋液，雙腳踩著舞步，又唱又跳，好不快活。

瑞奇看吳以文過得好，心裡就不痛快。

「男僕甲，飯好了沒？」

吳以文停下動作，俐落地往瑞奇跟前一站，兩人的身高差顯現而出。

「怎麼餵都好小隻。」

「你說什麼！」

吳以文沒有揶揄的意思，認眞向小朋友說明：「我長高三點一四公尺，在老闆身邊，還是小貓咪。」

聽不懂啦，三點一四公尺是啥小！

「我和小咪，是兩隻小貓咪。」吳以文瞇起眼，似乎很高興店裡終於養了新貓，用沒沾上麵粉的左手摸摸瑞奇的頭。

「你、你在幹嘛，我媽媽是董事長，我要告你性騷擾喔！」

瑞奇拚了命地裝腔作勢，吳以文露出柔和的目光。

「小咪很可愛，我喜歡你。」

瑞奇克制不住臉頰像火燒一般發紅。

「喜、喜歡什麼？我們可是競爭對手，我才不會上當！」

吳以文沉靜地回：「你想踩下我，沒有想贏我，不是對手。」

瑞奇像是被說中心事，握拳往吳以文揮去，吳以文接個正著；另一拳打來，吳以文用鋼盆擋下。瑞奇甩著發紅的指頭，痛得噴淚。

「可惡……」

吳以文拉過小爪子呼呼，瑞奇紅著眼甩開他的手，大混蛋！

銅鈴清響，吳以文放下小貓，一溜煙奔向門口。

「老闆，歡迎回來！」

連海聲睨了店員一眼，看吳以文殷勤接過公事包和西裝，又雙膝跪下幫他脫鞋換上室內拖。

「老闆，吃飯、洗澡？」

「先洗。」

於是吳以文到臥室準備好店長大人的換洗衣物，捧著竹籃跟著連海聲進浴室。過了一會，身上半濕的吳以文出來，回房拿自己的衣褲，繼續洗浴服務。

瑞奇看在眼裡，震驚得說不出話。他本來以爲連海聲私領域觀念很強烈，不容許任何人越雷池一步，沒想到竟然公然縱容吳以文進入，可見前些日子冷淡對待都是在演戲。

等連海聲垂著一頭濕潤長髮出來，吳以文拿著吹風機亦步亦趨緊跟在後，連海聲說

「吹」，吳以文立刻將吹風機上膛，滿心歡喜地把長髮一綹綹捧在手心吹拂，好像握著的是金絲銀線。

今晚的菜色是瑞奇借宿以來最豪華的一次，連海聲心情不錯，每道菜都淺嚐一口，還喝完一整碗翡翠銀魚湯。

「你繼續吃，我先回房忙。」連海聲微笑說道，瑞奇連忙答應。

而連海聲一走，頭髮還濕著的吳以文就坐下來，拿著盛滿飯的鐵碗大啖剩菜，瑞奇不甘示弱跟店員搶食，最後他吃得滿咽喉，吳以文端著吃空的碗盤去洗。

瑞奇在起居室沙發呆坐一會，吳以文又捧來烤好的蜂蜜小魚餅。

「吃不下了啦！」

「一塊。」

瑞奇勉強咬了一口，心裡尖叫：「媽的，這什麼，好好吃！」可惜他真的快吐了。他以前只想著怎麼吃飽，從沒想過伙食太好也是個問題。

吳以文又倒了杯香蕉牛奶過來，瑞奇真的敗給他了，他是打算把自己餵成豬公報仇嗎？

「小咪，有什麼想吃的，跟哥哥說。」

「誰是你弟啊！」

吳以文撫摸瑞奇的金髮，露出微小的笑容。瑞奇看得一怔，他們主僕倆笑起來還眞有些相似，都非常好看。

連海聲在臥房書檯忙到半夜，才拿下眼鏡，就聽見門外的腳步聲。

「進來。」

吳以文兩手空空地進房，爲店長大人鋪好被子，再安靜地鑽進去，手腳在床被摩挲出細音。

連海聲繞過露出兩顆眼珠、專心注視著他的笨蛋，躺上床的另一側。他一進被子，就感覺吳以文整個人往他挪來。

「到一邊去。」

身後沒有動靜，連海聲轉過身，吳以文就一把撲進他懷裡。

「滾，得寸進尺啊你！」

吳以文只是把腦袋靠在連海聲胸前，黏著就不放了。

鳳眼怒視店員好一會，連海聲才不甘願地往那顆頭拍了拍，心頭對上蒼不平的怨恨跟著消散許多。他到現在還是個凡人，沒有變成魔鬼，多半是因爲這隻蠢貨。

「老闆。」吳以文心底有個好大的疑問。

「幹嘛？」

「爲什麼小咪要染金毛？」

「我媽是金髮洋妞，商敏知道這點，想擾亂我視聽。」

「老闆也有媽媽？」

「廢話。」連海聲沒好氣地回，難道他是石頭蹦出來的不成？吳以文殷切地望著他，他不得不多說幾句：「她是個弱智花瓶，眞的智能障礙，不是貶意。她從拍賣場被買回來當家妓，連照顧自己都不會，生下我沒幾年就死了。」

「老闆會想老闆的媽媽？」

連海聲泛著藍晶光澤的右眼，隱約透出一絲哀悽。

「老實說，我不太記得她了。」

他母親腦子不好，誤認家裡一個被欺負的小丫鬟是她女兒，把他和她一起養著，後來他呆傻的小娘死了，就剩他們兩個孩子相依爲命。

「一定是和老闆一樣漂亮的媽媽。」吳以文認眞地說。

「嗯……不對，我被華杏林暗算才變這樣好嗎？你老闆以前可是大帥哥，比你師父帥多了。」

「大帥哥。」吳以文乖巧地附和。

「我之前說你沒有個好母親，其實是在遷怒我自己的出身，你不要……放在心上。」吳以文搖搖頭。

「我聽說吳韜光他老婆是千金小姐，如果你能入她的眼，說不定下半生無虞。我當時才被炸過不久，腦子不清楚，才會這麼天眞。」

連海聲感覺吳以文輕微抖動，才又搖搖頭，可見他如此抵抗那個家的關鍵，就在那女人身上。

「老闆，我想留在老闆身邊，不要回家。」

「我說了，我不可能認你當親子。」

吳以文在連海聲頸窩，小小聲傾訴：「不能當老闆的小孩，我可以當老闆的貓。」

「你這幾天豁然開朗的緣故，是自以爲想通這麼蠢的結論嗎？」

「有一天當上老闆的小孩，我還是可以當老闆的貓！」吳以文用力瞇上橄欖圓雙眼。

「你邏輯到底死去哪裡了？」

「老闆，抱抱。」沒有邏輯，總而言之，只是想撒嬌。

「小呆貓。」連海聲戳刺店員的笨頭。

「喵。」

「笨蛋。」

「喵。」

連海聲很不熟練地伸出手摟住男孩，兩人依偎著，彷彿回到五年前的冬夜。

「文文。」

「老闆，什麼事？」吳以文含糊地回，似乎快睡著了。

「你以後不要像我，要聽建言、男女感情不要亂、留餘地給別人。」他不想承認失敗，奈何他的自大賠上此生的摯愛，不得不向白領那番話低頭。

「嗯，我會保護好最重要的人。」

連海聲心頭一顫，吳以文反手輕攏他纖瘦的身子。

「我會，保護好老闆。」

六、文文和小文

林律人頂著黑眼圈，拿出他熬夜擬定的選舉教戰手冊，要求底下的工蟻照著做。說完就倒在吳以文大腿上，一睡不起。

吳以文幫林律人拿下眼鏡，撫摸小王子的細髮；而童明夜翻開手冊，和吳以文擠在一起看，忍不住驚歎連連：「哇，這個好賤。」、「這個眞的太賤了！」、「小人人，我就愛你的壞！」

手冊第一招是整合人選，暗黑行話叫「搓圓仔」。第一頁列出各校會長候選人名單，其中最被看好的市立女中會長袁可薇小姐，已經被一筆劃去。

童明夜拿手機翻查，各大學生社群網站因爲最新消息大爆炸——市立女中宣布退選，全力支持一等中候選人。

「阿人啊，你幹了什麼？」

「我昨天睡她家。」

短短幾個字，遐想無限大。

「你眞的拿下半生來賭這把啊？」即使是親密好友，童明夜也覺得林律人太過認眞，一反他過去遇大事就趨於保守的態度。

「你就笑吧。」

「怎會好笑？我愛你都來不及了。不過爲什麼二中、家商和海中都畫箭頭指向我？」

「我不知道怎麼跟同齡男子溝通。」其實同齡女子也是，但他那個新任未婚妻例外。不管林律人說什麼，袁可薇總是一手捧頰對他微笑，另一手忙著拿手機對他拍照，就是個粉絲。

童明夜爲難道：「我是跟他們打過幾場球，阿筆和胡理我在國中就認識了，但沒熟到可以讓他們放棄競選，難道我也要陪睡嗎？」

「《韓非子》大蛇負小蛇，聽過沒有？你只要能和他方候選人氣勢打平，他們就會以爲能請到你出馬的以文更不簡單。」

「阿人，你有你的算計，但我覺得高中生不用太權謀，直接一點比較有效果。你可能覺得我太天眞，可是我相信人與人之間，最重要的還是眞心and誠意。」

林律人瞪過一眼，可惜少了眼鏡的冷光，殺傷力銳減三成。他氣歸氣，可也知道童明夜說的不無道理。

「明夜揹我去，黑貓揹灰貓。」吳以文放下默背完的手冊，折衷提議。

林律人是以保護吳以文爲前提寫下計畫，但他一時忘了，除了口語上的缺陷，吳以文一點也不弱小，有童明夜在旁輔助，說不定眞能當面折服各校強者。

「這個好！」童明夜樂得打了記響指，「我和阿文合體，就算二中全上也不是我們的對手，哇哈哈！」

「又不是要去打架。」

「當然了，我們是去打仗嘛！」

當瑞奇氣沖沖地回到古董店，早一步回來的吳以文已經換上服務生制服灑掃撣灰。

「你做了什麼？」

瑞奇氣憤地把校方轉交給他的文件扔到吳以文身上。吳以文隨手撈起，打開紙團，原來是新閣中學與一等中交換學生的同意書，瑞奇的名字清楚印在上頭，日期定在明天。

「要帶路？」吳以文以一等中學長的身分挺胸表示。

「誰跟你說這個！你竟然使詐把我調到你的地盤！心機重，真噁心！」

林律人教戰手冊第二招：調虎離山，既然瑞奇是他們絕對拉攏不了的敵人，那就絕不讓敵人好過。

吳以文沒否認瑞奇的指控，只是說：「小咪沒朋友，過來玩。」

「你又知道我沒朋友？」

「你的手機聯絡人只有老太婆和院長。」

「你、你偷看我手機？」瑞奇又是一陣號叫。

不只偷看，竊聽器也是店員親手裝上去。

「我的ＩＤ是『gray cat』。」吳以文主動釋出善意。

「我不想知道！」

瑞奇每次想跟吳以文鬧，結果卻總像在自導自演獨角戲；說話他充耳不聞，動手又打不贏他，心中怒意積累久了，就會變成恨。

「你瞧不起我，我一定會讓你後悔莫及！」

「我沒有不把你放在心上。」吳以文加重語氣。

兩個男孩子僵持不下，瑞奇心知嘲笑他一條賤命最有效果，但說了自己也會受傷。到後來，反而是吳以文先開口打破僵局。

「你會在公園下車，去跟花花她們玩，看起來很寂寞。」

「你看錯了。」瑞奇繃緊臉反駁。

「我有時候也會寂寞，我們可以一起玩。」吳以文微微低下身，將瑞奇輕擁入懷。他祈求許久所得到的東西，從不吝惜施予身邊的人。

瑞奇有一瞬間就要動搖，但隨即掙開吳以文的臂膀。

「我討厭你，你最討厭了！」瑞奇說完，撞開吳以文，跑進客房用力摔上門。

銅鈴清響，剛好目睹這一幕的店長大人回來了，吳以文過去迎駕，連海聲伸手按住店員腦袋瓜。

「好本事啊你。」

瑞奇卯足勁和吳以文冷戰，晚飯也沒有出來吃。連海聲挾起糖醋魚片，輕笑「眞當自己家了嗎」，吳以文沒有勝利的喜悅，只是默默幫小客人盛裝晚飯，端去客房。

「叩叩。」吳以文敲門。

「走開！」

吳以文放下托盤，等他走遠，客房門板才打開，伸出兩隻白玉手臂把托盤取走。過了一小時，整理好店舖的吳以文再回來收拾空碗盤。

連海聲收到訊息，瑞奇跟他說不舒服，很抱歉今天不能上課。於是店長把閒在一旁的店員叫來，接續瑞奇的課程，教他學習如何看穿公司浮報的財表。

吳以文睜大眼望向綁著長馬尾的店長大人；居家時的連海聲眉眼收了一分治艷，多了幾絲嫻靜。

「——這樣，你明白了嗎？」

吳以文點頭。

「你發現到問題，接下來要怎麼做？」

「問老闆。」

連海聲眉頭扭了一下，冷聲問道：「如果我不理你呢？」

「老闆不要不理我！」吳以文閉緊眼請求。

「笨蛋，這是假設性問題，要是合作對象向你說謊，你要有能力處置。」

吳以文陷入沉思，連海聲沒有催他，這畢竟不是一時半刻能解決的難題。

「相信他、討好他、跟他求婚。」

「啊？」

連海聲長年的合作對象就是遠在南洋的林和家，這五年來他們兩個男人的奇妙互動，吳以文一直看在眼裡。

「你不要拿那個男人當範本，全世界就他一個特例。」

「老闆，叔叔還會當我叔叔嗎？」吳以文有些沮喪地問。

「你不是討厭林和家嗎？」

「嘴上說說。」吳以文各方抵制林和家，像是故意織了好幾件熱帶南洋穿不到的毛衣圍巾給可惡的叔叔，但他不是真的排拒溫柔待他的長輩。

連海聲帶笑睨著鳳眸，用長指點了點吳以文的額際。

「你別擔心，他向來喜歡小孩子，我現在把你裝箱寄過去，就算你是仇家生的，他還是會開心養下來。」

吳以文悶悶點頭，起身到貯藏室拿出紙箱，把自己裝進去蹲下，只露出一顆腦袋。

連海聲失笑道：「我不過說說而已，你在南洋人生地不熟，我也不放心你過去。」

吳以文從紙箱伸出手爪，抱住店長大人勻長的小腿。連海聲看來不太想理會笨蛋，但過了一陣，還是揉了揉吳以文的頭髮。

連海聲想起林和家三十多通未接來電，既然都說到那個老男人了，就順便回撥過去，要吳以文跟林叔叔聊兩句。

電話接通，吳以文勇敢問安：「叔叔，我是以文。」

「小文，你先等一下。」林和家在另一頭明快向屬下交代好工作，趕緊回來跟小朋友通話：「叔叔好了，有什麼事找我呀？」

「對不起，我是野貓，出生就是。」

「小文，叔叔沒有生氣，你也沒有必要道歉。」

林和家說話不同於一般人表面上的溫柔，沒有虛僞的客套話，每一個字都是眞心誠意，所以格外能說服人。

「叔叔，如果合作對象說謊，怎麼辦？」吳以文跳了話題，提出連海聲剛才的隨堂測驗題。

林和家毫不猶豫地回答：「相信他、討好他、跟他求婚！」

「你這神經病！」

「海聲，你在旁邊聽嗎？我愛你啊！」

「去死吧！」

連海聲從年輕到現在都習慣不了林和家過剩的熱情，怕他說些亂七八糟的東西教壞小孩子，沒想過時代不同了，像吳以文的好伙伴們每天都會跟小文親親告白一次。

「海聲，請你迴避一二，我想跟小文單獨談談。」

連海聲深吸口氣，林和家竟膽敢當面要求他開信任支票，不想活了是嗎？但他咬牙切齒，到頭來還是揮揮手，於是吳以文捧著老式轉盤電話退開三大步。

「小文，你老闆不太說心底事，但他還是忍不住說了，表示他真的很爲你苦惱。」林和家只見過吳以文一面，卻從許多人口中耳聞他的事蹟。連海聲自己很小氣，不怎麼說到自家店員，但當他一說出口，林和家彷彿可見那顆卸下心防的眞心。

原來那麼傲然強大的男子，也有這麼一處沒有覆上冰雪的柔軟。

「我也希望他收斂脾性、對我坦誠，但他就是沒有辦法誠實。政治商場爾虞我詐，沒有家族庇護的他只能這樣保護自己。他有時候還會刻意把無心的作爲扭曲成惡意，但我發誓，他從來沒眞正想要傷害你。如果你沒那麼痛了，希望你能體諒他。」

林和家不用「原諒」這個詞，他以爲那是不恨了而釋懷的一種體悟，不適合小朋友，小朋友就是該愛與被愛。

「好。」吳以文對著話筒點點頭。

「好孩子。」林和家溫柔笑了笑，「一如我先前的承諾，你有什麼想要的東西？不用客氣，告訴叔叔，送你作生日禮物。」

吳以文嘴脣動了動，連海聲在櫃台這邊只聽見林和家爆出的笑聲，然後店員把話筒端回給店長。他說完了，換叔叔跟老闆說話。

「林和家，他剛才說什麼？」

「這是男人間的祕密。」

連海聲不由得氣結，林和家笑得十分愉悅。

隔天早上，吳以文牽著腳踏車等瑞奇出門，以爲兩隻貓約好一起上學，可是瑞奇壓根不記得他們何時達成這個共識。

「離我遠點，我會自己走！」

「我有帶便當。」

「啊啊！」瑞奇快要被店員雞同鴨講的外星腦波給打敗。

連海聲早上沒工作，垂著一條烏黑長辮，好整以暇地站在店門口看兩個男孩子打鬧，毫不意外瑞奇被調離學校的事。吳以文注意到店長大人嘴角那一抹透著壞心眼的美麗微笑。

「商公子，這條路他走了一年多了，你就讓他帶吧？」

「連先生！」瑞奇似乎要哭出來了。

「老闆。」吳以文跟著小貓咪貼過來，被連海聲一手推開，少在那邊趁亂撒嬌。

「要遲到了，少廢話，快出發。」

「老闆再見。」

「連先生再見。」

瑞奇被迫和討厭鬼同路，越接近學校，越多一等中的學生，讓穿著新閣制服的他顯得格格不入，很是焦躁。

不少人見到吳以文，即使他掛著不怎麼友善的死人表情，仍是熱絡過來向他問好。

「學長早！」

吳以文一一向湊過來的學弟妹點頭回禮。很好，小貓咪們今天都很有活力。

瑞奇看吳以文這麼受歡迎，心裡不是滋味。但當他們往高年級教室走去，不少男同學對吳以文視而不見，有的人眼中甚至帶著敵意，吳以文不爲所動，跟著無視回去。

瑞奇對照吳以文剛才在校門口親切的樣子，這人的反應根本是映照對方的情緒，沒有主見。

「虛僞。」瑞奇冷哼說道。

「可愛。」吳以文摸摸他的頭。

……可惡！

吳以文帶瑞奇走過校園一圈，再把他送進教師辦公室報到。老師們顯然和吳同學很熟，一見他就叫他去泡茶，吳以文也聽話地端著茶盤走了。瑞奇心裡啐了句「諂媚」。

「哎喲喲，這是誰呀？好可愛喔！」國文老師嬌滴滴地打了聲招呼。

「老師，他是我新養的小咪。」吳以文沏了新茶回來。

誰是小咪，混蛋！

「我是瑞奇，老師們好，今後麻煩您們多照顧。」瑞奇以與內心憤慨截然不同的笑容回應。

「喂，我要喝咖啡。」數學老師對吳以文呶呶嘴，吳以文二話不說，又拿起咖啡壺去忙。

「你好，我是你交換班級的導師，樓小今；他是洛子晏，教國文的。」

「聽說你跟小文住一起呀？有沒有什麼有趣的事？」洛子晏微笑發問，瑞奇臉色差點垮下。

「你爲什麼會知道？我怎麼都不知道？」樓小今氣沖沖地瞪向私自和學生交好的小娘娘同事。

「小今妹妹，妳忘了嗎？因爲我打賭輸了，幫妳改了一個月的聯絡簿。」

樓小今抽起桌上還未發還的簿子，果然吳以文在週記寫了飼養新寵物的心得，洛子晏用紅筆眉批「小文眞是好孩子，老師最喜歡你了～」，公然溺愛學生，非常不可取。

吳以文捧著現沖咖啡來孝敬導師，樓小今不客氣接過，啜了一口，發出滿足的讚歎。

「小文好賢慧，老師都想嫁給你了。」洛子晏捧頰說道，吳以文認眞點點頭。

「哼，不會三角函數的男人，我一概不屑。吳以文，你第一次段考數學那種鬼成績，這次平面向量你又能拿幾分？」

「老師，請出純代數運算和證明題，我會及格。」

「你都嘛死背公式，改個數字你就全亂了。」

「我幫老師修包包。」

樓小今瞪大美目：「那可是Chanel眞皮，你能補好嗎？」

「像新的一樣。」吳以文欠了欠身。古董店店員，十八般武藝無所不能。

「成交！」

洛子晏輕咳一聲，樓小今回過神來，也趕緊咳兩聲掩飾犯行。

瑞奇怔怔望著他們師生，新閣中學師生壁壘分明，他從未見過老師和學生像這樣打成一片。他不相信血親以外的感情，認為人的關係不離自私自利，愛情和友情都是笑話，但真正見到了又不願承認。

他討厭吳以文，也討厭這所學校。

不知道是否看出他排斥的心情，樓小今指定班上另一名學生來接待瑞奇，叫吳以文請了公假就別浪費時間，快出發幹正事。

瑞奇疑惑地看著吳以文離開，然後辦公室走進另一位戴著黑框眼鏡的少年，對方大概事先得知他的身分，一見他就友善地伸出手。

「你好，我是十三班的班長，楊中和，這兩個禮拜就由我和吳同學當你的學伴，有任何問題都可以找我。」

瑞奇在教師辦公室還有笑容，但對同輩的學生就沒有耐性應付，虛應兩聲。他跟著楊中和來到二年級教室，十三班的同學看到瑞奇就像見到珍奇動物，目不轉睛地盯著這名臨時轉學生。

「那傢伙呢？」

「他出公差，你就先坐他位子好了。」

楊中和指向畫滿貓的課桌椅，很明顯是吳某人的傑作，瑞奇臉上流露出嫌惡的神情。

「我想去圖書館。」那種失智兒童的座位，瑞奇坐也不想坐。

「你喜歡什麼類型的圖書？」楊中和眼睛亮了亮，會選圖書館，可見這個候選人偏好靜態活動。

「財經、政論、繪本。」

楊中和想到什麼，從書包翻出小喵喵歷險記，先不論繪者的死德性，還算是部不錯的圖畫書。

「這是第四集，你先看看喜不喜歡。」

瑞奇謝也沒謝，冷淡接過。

第四節下課，午間休息，瑞奇默默回到二年十三班。

「中和學長。」瑞奇小聲喚道。

「什麼事？」楊中和揚起眼，怎麼態度一百八十度大轉變？

「請問，你有前三集嗎？」

楊中和看瑞奇把繪本寶貝似地抱在懷裡的樣子，應該是被小灰貓文文打中了心房。

「我再幫你借借看。吃過了嗎？我帶你去合作社？」

「我不餓，謝謝。」他在陌生的環境總是沒有胃口。

這時候，教室後門打開，吳以文拎著布包，風風火火趕回來放飯。

「班長、小咪，便當。」

楊中和反射性接過熱騰騰的便當盒，低聲詢問吳同學：「另外那兩個人的份呢？」

「我和明夜、律人在外面吃過。」

「那就好。」楊中和鬆口大氣，不然他一定會死。

「班長，小咪是怕生的孩子，麻煩你照顧他。」吳以文微彎上身，鄭重其事，害得楊中和連忙回禮。

「少假惺惺，我才不需要你幫忙。」

吳以文看向瑞奇，也發現他手中的畫冊，摸摸他的頭。

「別碰我。」

「哥哥走了，要乖乖的。」

瑞奇咬牙瞪著吳以文，人都走了才想到忘了問他在做什麼，錯失掌控他行蹤的機會，忍不住懊悔。

「你們感情很好吧？雖然他很受學弟妹歡迎，但他不太認人當弟弟。」

「誰跟他兄弟啊？我才不要跟他好。」瑞奇坐上吳以文座位，打開便當盒蓋，全都是他喜歡的菜色，真討厭。

「呃，他有一個女朋友，冰山美人，但他還是追到手了。」

「我對他的感情世界又沒有興趣，告訴我這個做什麼？」瑞奇揚起綠眸，嘴邊還叼著一條小魚乾。

楊中和只是以過來人的身分良心建議：目標已經鎖定，請不要無謂反抗。

放學時分，消失半日的吳以文又準時回到十三班接送瑞奇，楊中和總覺得吳以文同學以後一定會是個好爸爸。

「你今天去哪裡了？」楊中和忍不住問道，在一旁悶不吭聲的瑞奇也冷眼看來。

「二中。」吳以文從貓咪背包拿出厚紙板，楊中和接過，竟然是當紅小天王的簽名。

「天啊，林洛平本尊真的唸二中？」楊中和失聲尖叫，一直有傳言二中學生的某人長得像歌神小天王，沒想到是真的，又是一則屬於高中校園的頭條新聞。

「他喜歡企鵝，我喜歡貓。」吳以文瞇起貓眼，和小天王歌手惺惺相惜。

「二中是他要出來選會長嗎？」楊中和本不看好二中，但如果是「林洛平」本人挾帶明星光環出來競選，大概沒人是小天王的對手，沒辦法，他太紅了。

吳以文沒回答，只是說：「我唱歌給他聽，每一首都唱，他說我唱得不錯。」

「你唱歌的確好聽。」

「比不上林洛平大大。他最喜歡唱歌了，但他怕二中被人看低，他想要保護二中，所以出來選會長。我說我不會看低二中，我也會保護所有的學生，只要我能當好學生會長，他就能專心唱歌。」

楊中和能聽出吳以文這番話的感情，他在小天王面前以歌迷的身分請願，要人如何不動搖？

「他答應了嗎？」

「嗯，他相信我是隻好貓。」吳以文翻過簽名板，是企鵝和貓握手的塗鴉，上面還用紅筆寫著——永結同心、永浴愛河。

楊中和雖然覺得怪怪的，但一等中和二中之間心結已久，吳以文能一天拿下二中代表的認同，不可不謂好本領。

「班長，這個送你。」

「你知道林洛平的親筆簽名有多珍貴嗎？網路十幾萬叫價。」

吳以文指向簽名板正面，上面已註明「To小和」，楊中和才停止鬼叫。

「請班長見證，如果我忘記承諾，提醒我。」

楊中和近來忙著準備會長選舉的報導，被他爸笑說不過是學生玩玩，有必要這麼認眞嗎？他不指望被人理解，但當有人和他同樣爲了一場家家酒全力以赴，拿出眞心和理念，楊中和很難不被打動。

「那我收下了。」

吳以文作勢要抱，楊中和早有警覺，一連倒退兩步。吳以文沒抱到，轉頭招呼瑞奇。

「小咪，回店裡。」

「我知道路，我會自己走。」

「班長再見。」吳以文拿過瑞奇厚重的皮革書包，向楊中和揮手。

「中和學長再見。」

「再見。」楊中和目送他們遠去，一雙背影怎麼看都像感情良好的兄弟。

因爲商敏高調打壓，連海聲最近沒什麼工作，清閒得可以。

銅鈴清響，來了古董店訪客中前三top的挺拔帥哥，和櫃台隨便在額前夾了魚骨髮夾的美人店長相映成色。吳警官拿下警帽，露出一雙黑白分明的英眸，東張西望好一會，可是都沒有聽到另外的人聲。

「連海聲，他人呢？」

「路上吧？你來幹嘛？」

吳警官話不多說，從褲袋裡掏出許多迷你塑膠玩具，有十多個，看起來像是同一系列的蠢東西。連海聲不禁推了下鼻間的老花眼鏡問道：「這什麼？」

吳韜光難掩得意之情，這可是他從屬下對話中得知的現在小朋友流行趨勢，一個個瞞著妻子去便利商店吃便當集點換來的。

「咪咪蘇塔加王國，你不知道嗎？」

「然後呢？」連海聲看吳警官自以爲可以當聰明人的樣子就非常火大。

「拿給他，跟他說我再給他一次機會，叫他星期六回家煮飯。」

「好啊，跪下來求我啊！」連海聲揚起長睫，吳韜光用力拍桌，兩個大男人再次激起火花。

不過不知道是不是吳警官上了年紀，沒像以前隨手翻桌，只是嘆口氣。

「喂，我妻子又出遠門了。」

「關我屁事，你不要老婆不在就往這裡跑，想被說閒話嗎？」

道上有傳言，吳警官和妻子感情失和，在外與一名長腿美女律師好上。連海聲還嘲笑過哪個女律師瞎了眼，後來發現吳韜光身邊稱得上律師的人物只有他，就再也笑不出來了。

「我只是想跟小孩一起吃飯，可是以文好像很怕我，我到底做錯什麼？」吳韜光悶悶不樂，總是想不開，找店長做家庭諮詢。

連海聲卻處境相反，小店員黏他黏得死緊，煩都煩死了。

銅鈴清響，聽聲音就知道是店裡的服務生回來了。

「老闆，想吃什麼……啊，師父！」後面這個有顫音。

「連先生，晚安。」瑞奇向連海聲打過招呼就走向後房，對吳警官沒有興趣。

「你師父買了禮物要給你，還不快謝謝人家？」連海聲看得出來那兩個姓吳的一大一小都很僵硬，小的那隻還眼巴巴地想越過他師父貼到他身邊來。

吳以文發現了桌上廉價的塑膠小玩意，趕緊躬身行禮：「謝謝師父。」

吳韜光看吳以文並不怎麼領情，免不了失落，想想他這樣費心收集的舉動也眞可笑。

「最近局裡通報有槍械從地下流到市面上，你注意點，我回去了。」

連海聲根據剛才的證詞，得知吳警官明明想來當飯桶想瘋了，於是他給店員踹上一腳，吳以文才低頭拉住吳韜光。

「師父吃了沒？」

吳韜光盯著長高些的小徒弟，臉皮緊繃也不應聲。

「還沒，快去煮飯！」連海聲受不了男人的矜持，叫店員去幹正事。

吳以文很快地端出一籃小麵包和奶油，附上兩副刀叉，今天吃西餐。

等待主菜上桌的時刻，店員特地拿了精巧的木盒過來，連海聲一看外盒就知道它的功用。吳以文打開木盒，照咪咪蘇塔加王國的階級把塑膠玩具擺設上去。看著店員那雙巧手仔細陳列小東西，給人一種值得信賴的感覺。

「老闆，有貓咪。」是蘇塔加的皇家騎士。

連海聲應了聲，轉頭看見吳警官一償宿願的蠢樣。那麼喜歡笨蛋就快打包帶走。

吳以文朝兩位長輩展示完成果，輕手覆上盒蓋，安靜退下。

吳以文回到廚房，瑞奇咬著果汁吸管過來，問他那個男人是誰，盡盡臥底的義務。

「那是師父。」

「通常客人都是來見連海聲，他卻帶禮物給你，你們關係非比尋常吧？」

「師父是大狗爸爸。」

在小貓咪歷險記第四集開頭，和貓咪媽媽分居的大狗爸爸造訪古董店，打算強行帶走小文。小文不從，小文要跟貓咪媽媽一起生活，就算煮飯洗衣家事全包也無妨。

吳以文沒再多說，只是將食物豪氣地大分量裝盤，飯和肉加倍呈上。

「聽說你被寄養家庭遺棄，就是他嗎？」

吳以文不說話，瑞奇認識他不久也知道，他高興會努力表達出來，而痛苦會含血往肚裡吞，這種違逆人性的習慣，久了一定會心理變態。

「他怎麼有臉來見你？這種自以爲是的大人，最噁心了。」瑞奇雖然討厭吳以文，但他更痛恨不負責任的父母，總有千奇百怪的理由扔小孩，他在育幼院看太多了。

吳以文凝視置物櫃上的蘇塔加王國，可以想見吃慣好菜的吳韜光勉強吞食難吃的微波便當，爲的就是拿收集來的點數笨拙地和超商店員換公仔，只因爲以爲他會喜歡。

「可是我，還是想要有爸爸。」吳以文很難抗拒溫情，尤其是他最欠缺的親情。

「笨蛋！」

吳以文端著飯菜到櫃台，吳韜光正跟連海聲說起他破獲的毒品案，犯人有署長的姪子和申家的兒子，媒體沒有報導，最後他痛揍了他們一頓。

「你還真厲害，都不打算回刑警隊了嗎？」連海聲記得以前某個無聊的週刊雜誌弄了個名人仇家排行榜，第一名是延世相，第二名是吳韜光，由此可知吳警官的豐功偉業。

「你們這間店太多事了，幾乎每月一案，我哪抽得開身？等以文當警察，我就申請歸隊。」

「誰要他去當條子！」當所有人都說店員前途不可限量的時候，吳韜光插來這麼一筆，把連海聲氣得跳腳。

吳韜光英眸炯炯瞪視著小店員：「你不覺得師父很帥，以後要跟我一樣嗎！」

「師父最帥了。」吳以文由衷承認，但沒說他不要當警察。

吳韜光得意地看向連海聲，連海聲撫著自己白裡透紅的美麗臉皮，恨得牙癢癢。

吳以文向吳韜光屈身伸出雙手：「師父，請給我班表。」

「幹嘛？」

「送飯給師父，熱的飯菜，不去也會跟師父報備。」

「不用了，我值很多夜班，小孩子晚上騎車太危險，我會自己解決。」

吳以文仍伸長手，執意要送飯過去。吳韜光才從胸袋拿出班表，吳以文默背好又恭敬還回去。

「不畏強權、打擊犯罪，師父最帥了。」吳以文重申一次。

吳韜光聽了有些恍惚，他這些年花費那麼多心力找小孩，似乎就是想找回被當作英雄崇拜的感覺。

這頓飯吳警官吃得很高興，連帶說起吳以文以前在家裡的事，全是好事，好像那個家非常美滿。連海聲總覺得哪裡不諧調，因爲吳以文在一旁垂著臉，什麼話也沒說。

店員要是肯說個一字半句，連海聲就能知道爲什麼要他回家就像要他的命。只要解開那個結，有惡犬買家、有笨蛋貨品，連海聲也就能把吳以文拋售回去。

吳韜光走後，換瑞奇出來上課。連海聲大概講了半小時稅率問題，覺得口乾，店員接收到電波，立刻端茶過來，另外爲瑞奇準備一杯現榨柳橙汁。

「老闆，我去寫功課。」

連海聲「嗯」了聲，看吳以文精神尚可就好，又想起會長選舉的事，把他叫住：「文文。」

「什麼事？」吳以文和瑞奇異口同聲回答。

古董店主僕一道往商小公子望去，瑞奇才驚覺自己說錯話了，可是他本名剛好有兩個

「文」，他有什麼辦法？

「我不是故意設計你，但你都被釣上了，何不乾脆承認身分？反正商敏那老女人三分鐘熱度，最近都沒聯絡你了不是嗎？」連海聲露出美麗的壞笑，鳳眼彎出兩抹月牙。

瑞奇握緊發抖的十指，強擠出笑顏：「連先生眞愛說笑，我不懂你在說什麼。」

「你也是文文？」氣氛正緊張，吳以文插話進來，害瑞奇繃緊的神經線跟著斷了。

「我以前養了一隻貓也叫『文文』，胖嘟嘟！」

「白痴不要攪局！」瑞奇大吼，以爲他就要被掃地出門，連海聲卻像沒有這回事，端起茶杯，細細抿了口茶水。

「你來的第三天，有個老頭子在門口徘徊，見了我就跑開，跑沒幾步路，就摀著胸口倒地不起。你別緊張，我送他到醫院，沒有生命危險。他看了記者會才知道商敏利用你爲非作歹，擔心你，又怕揭穿眞相會害了你。只能天天起個大早，從郊區坐兩個小時的公車來看你一眼。」

瑞奇必須咬緊脣，才能忍著不哭出來。

「我、我不知道您在說什麼？哪裡來的老頭子，我從小在國外長大，是集團的繼承人，怎麼可能會認識？」

「你就繼續演吧，讓商敏安心作夢，我才能將她連根拔起。」

瑞奇搖晃著走回客房，這個地方他待不下去了，卻也無處可去。門板傳來敲門聲，瑞奇還沒叫他去死，吳以文就用鑰匙開門入內，無禮得讓瑞奇說不出話。

吳以文身上掛著五、六隻貓咪布偶，全是從他房間的上鋪精心挑選來的。他慎重地把布偶鋪排在瑞奇床邊，好像在執行某種神祕的宗教儀式。

「你來幹嘛？你走開啦？你不是還沒寫功課？」

「以前文文說天堂的故事給我聽，現在換我說故事給文文聽。」吳以文從睡衣底下抽出繪本，赫然就是小貓咪冒險記第一集。雖然說是「冒險記」，但小文貓和貓咪媽媽其實整天都待在古董店，虐待客人和打擊敵人。

瑞奇理智上明白要趕快把這傢伙趕得遠遠的，但他內心沒有人可以依靠的脆弱情感，卻順從吳以文躺在床上聽他用奇特的咬字唸故事書。瑞奇不想承認，在這男孩子身邊，讓他感到莫名安心。

「——貓咪媽媽說：『沒有血緣也沒關係，你就是我的寶貝。』」輕聲唸完最後一句，吳以文沒有闔上書頁，只是默默望向天花板，想像著如圖畫溫柔美麗的店長大人。現實的店長美麗如畫，但打死也不溫柔。

「這種孤子得到幸福的故事，都是騙小孩的把戲。」瑞奇半闔眼皮，噘著嘴說道。

「我作夢夢了好幾次，就畫下來。」吳以文說，瑞奇跳了起來。

「你是繪者！」

「喵喵，我是小文貓！」吳以文正經八百地回應。

「你去死啦！」瑞奇覺得腦子好像有什麼斷開來，他不該因爲小灰貓名字有個「文」字而投入感情，美好的綺想瞬間幻滅。

「雖然是作夢，但還是很想要。」吳以文說話有些跳頻，但瑞奇大致接得起來，可能就因爲他們同病相憐。

「軟弱的人才需要爸爸媽媽，我不用父母，我只要有院長就好了。」

「院長伯伯走了，你怎麼辦？」

「不知道啦……」瑞奇用快哭出來的聲音說。吳以文攬過小貓咪，輕拍他纖瘦的背脊，直到入睡。

連海聲夜半巡房，吳以文的房間竟然空著沒人。他輕手打開客房房門，看見散落一地的貓咪布偶，瑞奇抱著粉紅色的咪咪側睡在中央；而吳以文一手攬著繪本，一手把瑞奇劃在自己保護的界線內，肚臍都睡得露出來。

連海聲這些日子對瑞奇格外寬容，一部分在於吳以文維護的態度。不難發現吳以文對同爲孤子的小孩特別溫柔，好像有種不守著就會死的使命在。從這點可知，吳以文早知道瑞奇的身分，才會縱容瑞奇在店裡撒野，連海聲總有一天會被店員的選擇性啞巴給氣死。

「老闆……」吳以文沉入甜美的夢鄉，夢中有著美麗又溫柔的店長大人和可愛的碧眼小貓。

「笨小孩。」連海聲受不了地替兩個男孩子拉好被子。

七、千金、少爺與店員

陰冥拖著琥珀黑的行李箱，沉著臉走出海關，遠遠就看見有人舉牌歡迎她，牌子上寫著「學姊，歡迎回來」，還畫了貓爪印。大家都看了過來，陰冥覺得好丟臉。

吳以文快步迎上，拉過行李箱和陰冥的手，兩人十指交扣走出機場大廳，一起搭上回市區的公車。

「學姊，我和老闆和好了。」

「是喔。」

「我們店養了新貓咪。」

「是喔。」

「小咪很可愛。」

「是很可愛，比你可愛。」陰冥知道吳以文說的是瑞奇，那個不知眞僞的小公子在社群網站擁有不小的人氣。

「學姊，我也很可愛。」吳以文抿起雙脣，不知哪來的自信。

「哼，都幾歲了？」

才多久不見，又長高了一些，肩膀似乎也寬了不少，陰冥看了就討厭，吳以文卻渾然不知變化，親暱地靠上她肩頭。

公車到站，吳以文殷勤地揹過筆電、提起行李，陰冥只剩手腕吊著的碎花布包，店員全程護花回家。

陰冥推開家門，等吳以文幫忙把行李放好，她就冷淡地趕他回去。誰教陰媽媽人還在國外，偌大房子只有她和笨蛋學弟，孤男寡女，什麼都有可能發生。

吳以文卻反手扣上門鎖，陰冥心頭咯噔一聲，十六歲青春正盛的男孩子，面無表情地逼近小碎花裙的十七歲少女。

「你幹嘛？」

「學姊——！」

撲倒，然後翻滾，從門口一路滾到大廳，吳店員處於完全解放的狀態，一時半刻停不下來，任憑陰冥驚聲尖叫，嚇得不停搥打他的腦袋。

等吳以文心滿意足地停止滾動，湊過清秀臉龐，親暱地往陰冥右臉舔上一回，留下濕熱的口水印子。

「你是小孩子嗎！」

「想和學姊生很多小貓咪。」男孩瞇起眼，真情告白。

陰冥紅著臉說：「去死啦！」

陰冥回國主要是爲了會長選舉的事，和調停古董店主僕的感情債，嘴上叫店員撞壁算了，但每次都會挽袖去找店長理論，陰冥最痛恨自己這點。幸好這次連海聲轉性讓了步，她眼下的工作只剩選舉事務。

小喵喵話劇團全力爲吳候選人拍攝宣傳短片，讓廣大的學生選民最快了解到吳候選人的魅力。陰冥事前告誡他們不要拍太長，童明夜和林律人卻因個人私心，拍成三個多小時的紀錄片，連吳以文的內褲花紋都不放過。而吳以文只要身邊的小伙伴開心，全脫也無所謂。

這群男的明明智商不低，卻總是幹蠢事。

陰冥臭著臉在筆電前剪片，看這種賣弄青春的學生電影已經夠煩人了，影片中十八般武藝的男主角還在她腳邊滾來滾去喵喵叫，妨礙她工作。

陰冥知道，他是因爲有殘缺才會待在她身邊，等他心病好全了，就不會像這樣依賴著自己。而且吳以文不明的出身一直讓陰冥很不安，她不時提醒自己不可以喜歡上，心裡一萌發出綺念，立刻掐滅它，完全不給少女情懷面子。

「上個月，林家去跟我外公說親。」

吳以文正坐起身，突然變得很乖。

「你再糾纏我，我就要答應了。」陰冥為了逼退吳以文，甘願一腳踩進門閥聯姻的泥水。「我家不單純，你不要跟我太親近，到頭來只會兩敗俱傷。等我畢業，我們就結束好了。」

吳以文低頭不語，似乎正想著該怎麼打爆天海老貓和去林家翻桌。古董店的經營原則，沒有對手太強就退讓這種事，只思考著如何幹掉敵人。

「你老闆不是說不讓你娶黑社會的？雖然漣海聲大半嘴賤，但這句話不無道理。你本性不排斥血腥和暴力，你離暗處太近，很容易被吞噬進去。」

吳以文只是拿起紙筆，速寫出一朵洞窟裡的小白花，註明「學姊」兩字。

「林家看中學姊的爸爸，我要學姊溫柔的媽媽和壞脾氣外公。」

吳以文的意思是，對林家來說，黑道背景是陰冥家世的污點，但對他而言不是，只要有關陰冥的一切，他都想得到。

「你認識我爹地？」陰冥卻抓著吳以文無心洩露的一點，心頭微微發毛，吳以文沉默下來。「你到底是什麼人？」

「老闆認識。」吳以文努力撒了個謊。

「我家各方面來說都和你那家店對立，你就放棄吧！」

「羅密歐與茱麗葉？」

「不要把現實唯美化！」

「梁山伯與祝英台？」

「啊啊！」

「貓咪公主和貓咪大廚？」

吳以文說完，連續眨了兩下眼，似乎覺得這是個很不錯的配對。陰冥哪會不知道他在想什麼，「啪」的一聲，手背拍過他額際。

吳以文喪氣倒下，枕在陰冥跪坐的大腿上。陰冥真想掐死這個聽不懂人話的東西。

「好吧，學姊畢業之前都是我女朋友。」

「我什麼時候答應了！」

結果這次又像前一次與前前一次的爭執，吵鬧後復歸平靜，陰冥心死瞪著腿上的大黏皮糖，吳以文睡得十分心安理得。

她氣呼呼地繼續剪輯。憑良心說，真難想像一個高中生可以活得如此可歌可泣，話劇百場巡迴，繪畫、歌唱校園競賽得獎無數；親身參與過一等中校長虐殺案，嚴青天、白領綁架案等大案子，擁有過目不忘的記憶力與五星級大廚的手藝。

當他對鏡頭睜大眼，認眞講述想要打破校園圍牆的政見，陰冥才發現她膝下這個很愛撒嬌的男孩子，心裡也懷抱著想要改變世界的志向。

不知不覺，陰冥看得有些入迷。

到了影片末段，拍攝團隊開始不正經，錄進了少年們的口哨和笑語。畫面中的吳以文站在學校樓頂，也就是陰冥蹺課最愛去的地方，捧著一朵紅玫瑰，午後光影灑在他臉龐，綻開笑容。

——小冥，我喜歡妳。

這記直球告白讓陰冥猝不及防，手忙腳亂地按下停格鍵，這群成天不務正業的死小孩竟然聯手陰她。

可惡，要知道如果人能控制自己的情感，社會就不會有那麼多亂象；眞的不想要的話，就不會明知對方不會放棄，還矯情說了好幾次不。

來不及了，陰冥顫顫闔上眼睫，若有一天爲他心碎哭泣，她也怨不得誰。

林律品被八卦週刊記者偷拍和商敏進出高級汽車旅館，把林家老一輩和中生代氣得要死要活，直說他是延世相的翻版，生來就是爲了禍害林家。

林律品被禁足，對外的通訊設備也全數禁用，這也是商敏近來不敢輕舉妄動的原因。

林律品在黑絨床上抱膝看著討論他和商女士黃昏之戀的電視新聞，媒體的風頭一夕間從延世相遺孤轉向他敗壞的私德，他忍不住深深一嘆，這局再次敗給連海聲。看看古董店店長一個人多好，沒有低能的家族會扯後腿。

林律品正忙著怨嘆世間不公，門外響起林律行的大嗓門——

「律品，你在幹嘛？我進來了！」

「小精靈，你終於回來啦，我快無聊死了！」

林律行打開房門，看林律品裸露在毯子外、被他爸與和簷哥打得皮開肉綻的手腳，只能說自作孽不可活。好在大伯父不在國內，不然以老家主變態的懲罰手段，林律品大概已經浸豬籠去了。

「你半個月前才跟我說你是同性戀，現在又跟老女人去開房間，你到底喜歡什麼口味啊？」

「阿行，這個問題太艱深了，性與愛如何分別使用，我沒法跟天眞活潑的小朋友說明。」林律品慈愛地望著林律行不滿一六〇的身高，林律行叫他去死。

「你再作亂下去，名聲爛得像屎，沒有好人家的女兒會要你的。」

「我說過了，我對人家女兒沒興趣，兒子還考慮一下。」

「律品，我們是名門子弟，跟一般人家差就差在名聲，大伯、你爸你媽不會容許你壞了規矩。」

那個「規矩」講白了就是結婚生子，世家於此的要求程度大約是小老百姓乘以十，林律品又是家族名義上的長男，再乘十倍。

林律品作亂的氣焰消下大半，凌亂的髮絲下垂著一雙桃花眼，看來好不可憐。

「阿行，老實說，你會覺得我很噁心嗎？」

「你是我兄弟，全家就我跟你最親，我怎麼會覺得你噁心？」林律行過去按住林律品手背，林律品故作憂傷地說，爲什麼他認識的好男人都姓林？「律品，如果可以，我也希望你找個好對象，管管你那身風流債。」

「行行，你不用擔心，等我當上家主就沒有人管得動我啦！」林律品手指劃過俊容，燦爛一笑。

「我在跟你說道理，你不要轉移話題！」

林律品搖搖長指：「我也想與你和律人弟弟公平競爭，但現在林家處於存亡之秋，等不及你們兩個完成學業後斷奶，家裡看來看去就只有美貌睿智兼具的我足以擔負此重責，所以我才不惜出賣身體換得外援去對付連海聲。」

「你在說什麼？」

「平陵延郡。上次他們派人跟林家交涉，至今沒有消息。」

林律行不太明白林律品跳脫的思維，林律品好心爲小精靈說明，林家有兩大敵人，近一點的叫古董店，遠方的威脅則是海外的南洋帝國。

「連海聲我能理解，他幫每一家企業做生意就是不幫林家，明擺著討厭林家。但我不明白平陵延郡爲什麼會是敵人？我們家和他們只不過沒談成交易，他們要的國家政權本來就不在林家手上。」

「弟，我告訴你，他們不是來合作，而是要我們臣服，就像古代下西洋的御使，若我們這些蠻夷不從，就要派兵來打爆我們了。彼大我小、彼強我弱，我得趕在他們出手前先拿下連海聲這個頭敵。」

「我大概了解你的想法了，可是你動那家店會被他們店員討厭耶！」林律行說出他滿擔心的一點，林律品頓時斂住奸笑。

手機鈴響，林律行接起電話，立刻亮起雙眼，怎麼也藏不住臉上的歡欣，還眞是說人人到。

「你在我家門口？眞的嗎？我馬上過去接你！」

林律行趕著下樓，小跑步穿過花園，看吳以文一身黑色勁裝倚在裝飾用的竹籬上，應該是騎機車過來的。

「學長，我能不能進去喝杯茶？」

林家宿敵古董店之店員突然來訪，怎麼想都有問題，但林律行還是拉過吳以文的手，讓吳店員以熟人的情誼木馬屠城到家裡頭來。

一進屋，十分鐘前還是個頹廢青年的林律品，煥然一新地坐在大廳沙發上，穿著貼身的白長褲，雙手擱在蹺起的膝頭，用沉思的側臉迎接他們的小客人。

「文，你來了。」林律品喊得一整個嬌媚，林律行聽得全身發麻。

吳以文沒有應聲，只是把帶來的竹籃和一大罐保溫壺放上大理石桌。

「這是什麼？」林律行好奇問道。

「總匯三明治。」

「你怎麼知道我喜歡吃這個？暗戀我嗎？」

吳以文微微頷首，朋友勸過他好幾次不要亂點頭，害得林家二少爺心花怒放。店員又倒了兩杯冰涼的奶茶，是林律品的最愛。

林律行正好餓了，手也沒洗就要抓塊三明治來吃，卻被林律品一把搶走，把整個籃子霸佔到懷裡，任林律行瞪死他也不讓。

「都是我的，我看上的東西，誰都別想搶！」林律品意有所指某個手藝很好、身材不錯的男孩子。

「律品，不過就是三明治，你還是不是兄弟啊？」

「品。」吳以文不過說了一個字，林律品就鬆開手。林律行認識林律品一輩子，還真沒看過這個人形禍害這麼乖過。

林律行開心啃起吳以文遞來的豪華三明治，嘴巴鼓鼓地問：「對了你，連海聲不可能沒事叫你過來。」

「老闆交代把造謠出『延世相兒子』的人打爛。」吳以文用牲畜無害的表情握緊拳頭，屈身行禮。「請你們告訴我凶手，我會好好宰。」

「呃……」林律行嘴裡的燻雞肉哽在喉頭；林律品灌了一大口世上最完美的奶茶壓

驚。

更正，不只被討厭，還會面臨碎屍萬段的命運。

「小行，別怔著了，快說那個壞人是誰？」林律品像是事不關己般催促著，林律行驚訝地比了自己又比向卑鄙無恥的堂兄。「你就別怪我們家的小精靈了，今晚有空嗎？我從國外搜集不少貓咪攝影集……！」

吳以文低身將耳朵貼在說謊像喝水的林大少爺胸口，撲通撲通，林律品差點反手把他抱進懷裡。

「是你做的？」

「不是……」林律品要推開人形測謊機，手指一碰上吳以文柔軟的髮梢卻捨不得收手，想把他每根青絲都摸上一回。

他可能有一點，太喜歡了。

林律品才想著實行，卻一陣天地顛倒，被吳以文過肩摔在地毯上。

「不要動我們店，沒有下次。」

「哦，你又能把我怎麼樣？」林律品狼狽坐在地板上，低低笑了起來，「不過是一個打零工的小孩子，仗著連海聲的銅臭狐假虎威，你以爲你很了不起嗎？天海、袁家寧願把獨女許給我這麼一個爛人也看你不上，我告訴你，這就是現實。」

「律品，你又發什麼神經？」林律行看吳以文沉著臉向前，趕緊攔在他面前。「他被我家人關到腦子壞掉，也有可能本來就壞掉，你不要眞的拆了他骨頭啊！」

「學長，請你讓開，我有話，跟他說。」

林律行沒從吳以文眼中看到會死人的殺氣，只有幾絲要發不發快熄掉的怒火，才退到沙發邊緣。

吳以文過去蹲在林律品身前，林律品故意別過臉不看他。

「品，她是我的女人，你不要爲難她。」吳以文知道陰冥不喜歡勾心鬥角，這種彎彎繞繞的俗事很容易讓她精神耗竭。

林律品聽吳以文這麼維護那個連做人都不會的千金大小姐，也不管自己是陰謀的策劃者，激動地咆哮回去。

「我是看上她的家族勢力，你難道不是嗎？你只是比我會演戲而已，你眞的有心去愛人嗎？」

林律品雖然才智過人，但終究太過年輕，一遇感情事就會失控，就像他當年在林律因面前歇斯底里。吳以文不是林律因那個聖人君子，不會看不出自己那些齷齪的心思。

林律品以爲自己被徹底討厭了，吳以文卻只是從腰間掏出金創藥，給他衣服遮不住的傷痕輕手擦上。

「假惺惺，我被打死也不關你的事。」林律品紅著眼抽回手。

「品，聽話，不要任性。」吳以文輕手把他半抱在懷裡，林律品掙了下，終是沒能掙出溫柔織成的網。

他這輩子所求也不過一個懷抱，只要能得到這男孩子的下半生，他什麼都做得出來。

等算完帳的古董店店員走後，林律品笑咪咪地問道：「阿行，我陰了他那家店又搶他女人，他只揍我一頓，你說他是不是也有點喜歡我？」

「律品，你腦子摔壞了嗎？」林律行完全不予苟同。

八、狐狸與半仙

一等中會長候選人吳阿文小親親的宣傳片一在網路播出，迴響排山倒海。

童明夜和林律人合抱著一隻粉紅貓布偶（咪咪），一邊看著手機社群網站不斷竄升的影片點閱數和回應，一邊嗤嗤竊笑。

「你們……一定要在這裡休息嗎？」楊中和的課桌被霸佔了五分之四，只能縮在邊角吃奶油麵包。

「怎樣？我高興。」林律人揚起眼說，楊中和一介小民含淚受下。

「抱歉啦，這裡有阿文的氣味，我和阿人親親比較不會寂寞。」

「你們三個不是早上才在校門口跳舞給大家圍觀？」

「唉，我體育班要帶隊，律人少爺讓管家伯伯接送，小文文自行上學，很難得在校門口遇見，當然要好好慶祝一下啦。喵喵喵，一豆，喵喵喵——」童明夜說到一半，倏地起身打起貓貓拳法。

「一豆一豆，喵喵喵！」林律人面無表情地接唱下去。

楊中和身爲班長，有責任挺身阻止這首怪歌迴盪在十三班教室。

「說到這個，他去哪裡了？」

「說來話長，阿文生物不太行。」童明夜重新坐回吳以文的位子，嘆口長息。

「怎麼突然說到生物？」

「阿文好像以爲狐狸是貓科動物，興沖沖去看狐狸了。這是小寶貝第一次單獨出行，爸爸我好擔心喔！」

「你放心，我準備了最新一份民調放在以文背包裡，還有面對各種人類惱羞反應的應對方式。」

頭號勁敵市立女中退選，死對頭二中也被他們搴掉了，接下來就是第八招「西瓜偎大邊」，拿他們壯大的民調去跟他校耍大牌，逼退其他候選人。

「不愧是孩子的媽，這樣就不怕阿文被拐走了。來來，親一個唄！」

林律人不甘不願昂起側臉，童明夜看似霸道實則溫柔，雙唇輕碰一下臉頰。被迫收看的楊中和神情呆滯、眼神死去。

「所以，他去海中談判？」楊中和試圖從他們一連串廢話中釐清目前的狀況，「狐狸」指的不是毛團，而是海中候選人代表胡理同學。

「對啊，孩子長大了，我們好無聊，只能過來玩小和……不對，是找小和班長玩。」

「受死吧，glasses cat！」

「啊啊！」

世風日下，楊中和叫破喉嚨，也沒有人救他。

海洋中學

「你好，我是胡理。」

「吳以文。」

「很抱歉我們這裡……沒什麼能招待你。」胡理同學垂著纖長的眼睫，難以啓齒。大家都知道，海中是間破落的窮學校，最近一次整建是二十年前的事，沒有圖書館，也沒有球場。

「沒關係。」吳以文向狐狸王子點點頭。

大家說起海洋中學的特色，不外乎那身白衣藍領的水手服，女生穿來可愛加成，卻是該校男子的惡夢，而在胡理身上竟調和成一幅宜人的風景畫，他一笑，彷彿有海風輕拂而來。

海中的另一特色就是如大海奔放的校風，如果說二中是認眞的老師管不動太活潑的學生，海中則是連老師也放棄了自我。像是原本要接待吳以文的老師蹺班去環島，胡理只得一個人擔起管班和教學的責任。

胡理本人是因為國中大考失利才淪落到海中，不然他的模擬考成績常和林律人一道出現在全國榜單前列。不過胡理沒有因此和班上同學有所隔閡，和吳以文走在校園，三不五時就有人跑來找他問事，他也總是耐心解答，讓吳以文想起小和班長；胡理也是班長，班長都是好人。

「其實，就算你沒有來找我談，我也想退出選舉。」

「為什麼？」

「我打算報考醫學院，家裡又有生意要幫忙，我沒有額外的心力服務公眾。」

吳以文看著胡理垂下的眼簾，漂亮的人連說謊的習慣都很相似，好比店長大人騙人的時候也會搧一下睫毛。

吳以文也來自我介紹：「我數學不好，是古董店店員，我喜歡貓咪和人們。狐狸，你也喜歡人嗎？」

胡理沒有回答，只是用欲哭的表情望向吳以文。

「吳同學，你知道這次學生會長選舉是誰策劃？」

吳以文搖頭。

「是現任大總統范語堂，他上任沒多久便遇上大禮堂爆炸案，因憂慮過度而中風癱瘓，他本欲推行的社會改革全部停擺，可以說是壯志未酬。」

吳以文見過胡理口中的大總統，古董店的客人個個有錢有勢，轎車和祕書是必備配件，而總統老伯伯總是自己推輪椅進來，又自己推輪椅出去。伯伯有時候會撞上琉璃大門，店長只得氣呼呼過去幫他開門。

「范語堂自小打零工長大，生活在社會底層，後來投入勞工運動，因爲工黨陷入弊案才被臨時推派爲領袖，誤打誤撞成爲總統候選人。當時沒人覺得他能贏得大選，他去拜訪延世相，逐條詢問自己政策的可行性，但他沒有自信能上位，檯面上所有官員學歷都比他高、家世都比他好。延世相只告訴他：『要勇敢。』」胡理溫聲說完這段歷史。

很少人知道，延世相不是單純想給白領難看才去輔選對手，范語堂那身和官場格格不入的白日夢理想可能打動了延大官人那顆其實還很年輕的心。

「學生時期的眼界還沒完全被社會地位綁定，范總統可能想創造出一個打破藩籬的機會。白領發現了，刻意放消息出來，新閣中學的候選人於是被安插進這次選舉，白院長要壟斷所有的『機會』。」

如果楊中和在現場聽見這番陳述，一定會把選票情定胡理王子。放眼所有會長候選人，沒有人能像胡理如此宏觀大局，和高中生不在同一個層次上。

吳以文忍不住拍手鼓掌，胡理不難發現吳同學似乎少根筋。

「狐狸，你想當王嗎？」吳以文手拍一拍，不忘回到他此行拜訪的重點。

「我不知道。」胡理閉上眼，無法回答。

「當人，可以哭；當王，要勇敢。」

胡理怔怔看著吳以文，吳以文認真想像那人說話的口吻，像是揶揄嘲諷，又帶著人生滄桑的體悟，不禁又喃喃一遍。

「要勇敢。」

與一等中代表長談後，狐狸王子宣布退出會長選舉。

週五，林律人家裡要開會，吳候選人和童明夜小弟前往家商，拜訪傳聞中外星人下凡的紀一筆同學。

雖是午間休息，教室卻擠滿了學生，每個人手上都抓著一支慣用鉛筆。有的是求解自己的前程、有的是代朋友親人來問感情困擾，還有許多純粹來看熱鬧的群眾。

那個被稱作「紀半仙」的男孩子，劉海用粉色髮夾夾在耳後，一雙細眸半瞇著，口中唸唸有詞，「一零一零零一」，不知道是什麼魔法咒文。

吳以文抽出筆袋中的2B鉛筆，跟著抽號碼牌排隊。童明夜則直接排開人群，一屁股坐到紀半仙旁邊，勾著人家肩頭說：「嗨，阿筆。」

「夜，你爸回來了？」紀半仙頭也不抬，直接問候人家老爸。

「不愧是神算大大，這事說來話長，今天先不說了。」

「你的英雄命我已經算過很多遍，在明為黔首，在暗為諸侯，的確沒什麼好說的。」

「眞冷淡啊，不過我今天來你地盤，是想請你相個人。」童明夜往人群一比，卻故意不標示他家小文文是哪一個。家商休息時間會換便服，他們今天順應民情，也是穿休閒服裝過來，魚目混珠。

紀一筆突然站起身，隨手撕下一張便條紙，大步走到吳以文面前。

「這位兄台，寫個數字。」

吳以文愼重寫上「一」，等同一條貓咪毛茸茸的尾巴。

紀一筆對這個「一」字端詳好一會，神情肅穆。

「你居處華屋，卻日日不離柴米油鹽，你應該是在貴人底下幫傭。」

「古董店，店員。」

「還有，這一字尾筆圓潤，可見你喜歡貓。」

吳以文用力點頭。

紀一筆又說：「我喜歡狗，狗比貓可愛多了。」

吳以文臉色沉重。

「我看過你的政策，竟然只關注流浪貓，無視滿街無助的狗兒，請恕我無法苟同。」

「狗狗，會追人……」

「你果然對狗有偏見！」

兩校候選人因爲貓狗吵了起來，實在始料未及，童明夜吃著紀一筆桌上堆成小山的供品，忍不住嘖嘖兩聲。

紀半仙信徒無數，經常爲別人的人生高談闊論，平時只會點頭搖頭的吳以文根本不是對手，很快地，狗派言論壓倒了貓貓，吳以文只能垂死掙扎。

「貓咪……比較可愛……」

「眞是說不聽！來，我帶你去看狗。」

紀一筆說到做到，拉著猛搖頭的吳以文走出教室。本來還和家商女生哈啦的童明夜見狀不對，趕緊追上去，都怪他以爲形勢比人強就輕敵了。

童明夜跟著兩人翻過學校後牆，來到一間包裝工廠，門口鍊著兩隻大黑狗，十分雄壯威武。

兩位黑狗兄一看到紀半仙，立刻搖尾示好，紀一筆也跟著露出柔和的微笑，蹲下身爲黑狗兄抓背順毛，一人兩狗和樂融融。

而吳候選人像是面臨生死關頭，完全呆立不動。

「吳同學，你看牠們的眼睛，牠們懂人，是朋友。」

「朋友。」吳以文小心翼翼地靠近半步。

「牠們不會嘲笑你是怪胎，也不會把借去的數學習作扔到垃圾場。狗狗比人類友善多了。」紀一筆發呆似地望著天空。

「嗯。」吳以文心有戚戚。「可是，還是貓咪比較可愛。」

童明夜聽得都快哭了，這是什麼弱勢兒童的對話？

紀一筆回頭望向童明夜。

「夜，如果你出來選，我一定會讓賢。」

「我眞是受寵若驚，我們也不過打過一場球而已。」童明夜咧開嘴角。

國中那時候童明夜看紀一筆一個人坐在球場外，招呼他過來，看他連球也不會拍，手把手從頭教起。對方學得很認眞，童明夜也教得很起勁。

「這就足夠了，在你心中，四海之內皆兄弟。我不懂，你爲什麼要退？」

「哎喲！我本來也以爲自己是世間最了不起的美少年，但進一等中後……嗯，應該是在進一中前，認識了另外兩個美少年，才知道世界如此廣大。阿筆、大仙，你再仔細看，這孩子眞正前途無量。」

紀一筆卻不給童明夜面子，搖頭以對。

「你們一中想贏，就不能選他。他命中一無所有，只勝在努力而已。」

吳以文定定看著紀同學，紀一筆也炯炯回望吳同學。

「恕我冒昧，你不該活著，但你的生命力又是如此強盛，很矛盾，近乎渾沌。」

「好厲害，你一定是外星貓咪。」吳以文崇拜說道。

「我不是外星人，只是一名修道者。吳同學，你既然能平安活到今天，身後是不是有高人撐腰？」

吳以文睜眼想了兩秒，然後從貓咪皮夾拿出道士哥哥的相片。

「陸、陸……」紀一筆接過照片，幾乎說不清話。「你知道這個人是誰嗎？」

「貓咪仙使、貓咪大仙的使者，仙使哥哥。」吳以文口齒清晰地回答。

「這一位已從公會退休，在讀大學，是道界的傳奇人物，你能得他賞識，可見你人生的機緣非同小可，我眞是有眼無珠！」紀一筆雙手握拳，不住懊喪。

「沒關係，狗狗總會看錯人。」吳以文拍拍紀同學的背。

「阿文，你安慰的內容不對，感覺像嘲諷。」

吳以文因爲仙使哥哥的加持，得到紀半仙的認可，他也同意紀一筆的提案，把流浪狗狗加入小喵喵義氣工作群的關懷對象，雙方達成合作協議。

「我必須聲明，我不覺得我輸給你。」紀一筆用力握了握吳以文的手，而吳以文上次去二中差點把人握到骨折，不敢出力。

「你很厲害。」吳以文誠摯表示。

「只是我的朋友沒有投票權，我沒有人類朋友。」

「阿筆，你不要這樣，算我一個吧？」童明夜好心幫腔。

「你兩個摯友都是人中俊傑，卻甘願伏低爲你抬轎，所以我贏不了你。友誼太容易得到反而更難珍惜，你千萬記得。」

吳以文愼重應下大仙的箴言。

回去路上，童明夜以怕小文文走失爲藉口，牽起吳以文的手，兩個男孩子在大街小巷晃著，不急著回到人群之中。

「明夜，想吃什麼？」

「哎喲，不用溺愛我啦，像這樣一起散步就好。」

「就是想對明夜好。」吳以文認眞不過。

童明夜嗤嗤笑道，右手摟住吳以文的肩膀，左手撥打電話給不在場的律人小王子。

「幹嘛？有話快說，我在開會。」

「阿人，小文文跟我告白了喲！比起忙於家務的小少爺，他果然還是比較喜歡能陪伴在他身邊的小夜子。」

砰的一聲，林律人似乎打翻了什麼，匆忙跑出會議室。

「童明夜，你死定了！你們在哪裡，我馬上過去！」

「律人，沒事，明夜跟你玩，對不起。」吳以文接過手機，無奈看著身旁的小痞子，正開心地在大街上轉圈圈。

「以文，你不愛我了嗎！」

吳以文呆了好一會，林律人幾乎要心碎了。

「我，不好意思說，『很愛、非常喜歡』，這種話。」

林律人光是想像吳以文瞇眼害羞的樣子，晚餐就能配下兩碗飯。

「你說一次，我就披婚紗嫁給你。」

「喂喂，律人少爺，太超過了。」

「沒有明夜和律人，我一個人，絕對沒辦法。」他有所愛的人，也有愛他的人，吳以文覺得胸口很滿。

「阿人，這孩子這麼可愛，該怎麼辦呢？」

「可惡，沒辦法，只能先交給你處理了。」

童明夜一口應下，彎下腰，親暱蹭過吳以文的頰肉。

星期六下午，連海聲趁吳以文出門（老闆我去跟貓貓拉票），叫車到杏林醫院例行檢查。他前幾天胸口痛到睡不著，最近又跟沒事人一樣，要不是人沒了心臟不能活，眞想拿掉這顆不定時炸彈。

門口接待員一見這位絕世美人光臨，立刻誠惶誠恐地行禮，放下手邊所有詢問的貴客，直接領他到院長的私人診療間。

連海聲脫下大衣，椅子還沒坐熱，華杏林便打開門，「啊哈」一聲，從抽屜拿起一台非診療工具的機器，色瞇瞇地往他深V領口拍。

「美人兒，打個商量，我能不能徒手撕開你的襯衫？」

「把妳的攝影機放下，妳在想什麼啊？神經病。」

「當你周遭總是聚集一群怪人，你要不要反省自己也是個奇葩呢？」華杏林嫵媚笑笑，把跨上白木桌的黑絲襪右腿收回來，恢復正常坐姿。

就算對方是個變態，仍舊是他的主治醫生，連海聲不得不在她面前解開領釦，裸露雪白的肩頸。華杏林吹了聲口哨，掛上聽診器，專注聽他的心音，斂起戲謔的神情。

連海聲病人當久了，不難發現醫生一閃即逝的愁容。

「杏林，我還能活多久？」他垂著長睫問道。

「嗯啊，你願意的話，依現在的醫學技術，可以很久很久。」華杏林拿下聽診器，轉過電腦螢幕，讓連海聲看上次檢查的結果。「這裡，你心臟的影像比之前大了不少，可能是心包膜發炎積水，加上你血蛋白過高，我希望你最近能排出時間讓我做個小檢查，進一步了解發炎成因。」

「風險多大？」

「是不是怕自己死了，小貓咪沒人照顧？」

「妳不要隨便臆測我的想法，我是想自己還有多少時間報仇。」

「哦，原來你還記得這件事。」華醫生故意露出驚疑的神情，連海聲冷眼以對。「別報仇了啦，我幫你做個小手術，讓你能正大光明和阿家結婚，成爲你夢寐以求的林家人，再把可愛的小文納入名下。」

「去死吧，林和家到底塞給妳多少錢？」

「你以爲錢收買得了我嗎？我認可的是阿家對你的情意啊！上次你在南洋昏倒，可是他包專機飛回來，一路從停機棚抱你來急救。」

「我有拜託他幫忙嗎？」

「哎喲，少害羞了。」

連海聲用力瞪過去，華杏林就喜歡調戲他。

「不跟你廢話了，年前好嗎？」

「不行，小妍說父親病危，老皇帝就要去了。東宮太子，也就是我大哥，沒有子嗣，這是我最後的機會。」連海聲說得雲淡風輕，但在那女人死前，贏得家族認可曾是他畢生的志業。

「海聲，拖下去的話，你可能會比你家色胚老頭子還早死。」

「也好，我這具破爛軀殼。如果下半生只能靠機器維持生理機能、躺在床上苟延殘喘，還不如早死早超生。」他無法容忍自己像個廢人，僅僅是存在而非活著。

「沒你想像那麼糟。你想想，有小文在你身邊，不能動的時候還能欺負他玩，不是很好嗎？」

連海聲冷哼回應，他本來就是每天都在欺負店員，少在那裡多嘴。

「其實，有個孩子還是很不錯的。」華杏林有感而發，食指撈過耳前的髮鬢。

「我討厭小孩，討厭到死。」

「看你養得很是上手，訓得住，寵起來也毫不手軟，一個、兩個都那麼聽話。你不是討厭小孩，你堅決不要親生骨肉是因爲討厭你自己吧？」

連海聲不想聽華杏林離題，但這裡是診間，要不要閒話家常醫生說了算，由不得他。

「可惜你身邊的好男人和好女人總是被你禍害單身到死，不然如果雯雯和阿家有孩子，你一定比誰都疼。」

「我會殺了林和家好嗎？」連海聲不願意去想像那個已經不可能存在的假設。

他和商敏四年的婚姻，把那女人折磨得傷心欲絕。表面上商敏待她如姊妹，背地裡卻極盡惡毒地欺侮她，而那女人骨子裡就是傳統人家的小婢，什麼都忍了下來，只要他願意信她。可一向自恃聰穎的他卻誤信商敏的讒言，不分青紅皂白打了她一巴掌；就那麼一巴掌，坐實他們之間沒有超乎世俗婚姻的情義，她只是一個任他玩弄的賤人。她在林和家懷中哭得那麼傷心，好像再也不打算回頭，把他嚇得整個人都慌了。

他不計代價跟商敏離婚，拆了那女人兒時親手做給他的琉璃珠串，一顆一顆送到她手上，好不容易才從林和家手上把人追回來。

那場爆炸之後，傷重得幾乎癱瘓的他才有時間反省自己的愚行，如果她那時答應林和家的求婚，他會恨她一輩子，但她也就不會死了。

「我就是只會傷害身邊的人沒錯，同理可證，我沒有孩子真是明智的抉擇。」

華杏林柔柔望著顰眉的大美人。這男子不經意流露出來的脆弱總讓人忍不住憐惜，但能看見他這面的人實在太少，他性子太過高傲，放不下身段。

「你不要孩子，那小文對你來說算什麼？」

「拖油瓶、賠錢貨，最近進化到會跟我鬧脾氣，也不看自己長到多大隻了，還跟我要抱抱，丟不丟人？」

華杏林喲喲兩聲，很是羨慕。連海聲雖然滿嘴嫌棄，但他不知道每當自己說起吳以文，怎麼也藏不住眉眼間的柔情。

「不過，有時候看著他，會誤以爲能活下來很好。」連海聲目光投向遠處，回憶迷濛了視線。

「是啊，不如就簽了手術同意書吧？」華杏林趁勝追擊，她不厭其煩地遊說連海聲五年，只希望能治好他重創的身傷和心傷。

連海聲拿起筆，抵在脣邊考慮些會，又把筆抛回去。華杏林不住遺憾，差一點就成功動之以情。

「杏林，多虧妳，我已經多活很長一段時間，要是有那個萬一，別讓他看到我的屍體，拜託妳了。」

華杏林哀哀嘆息，實在不想答應這種託孤的請願。

「早知道就不要幫你弄這麼美了，自古紅顏多薄命。」

「不好笑。」

「我不是說笑，你看，我眼淚都流下來了。」

九、選前之夜

商敏失去林家支援，整個人好似無頭蒼蠅，疑神疑鬼地以爲身邊每個人都是連海聲派來的奸細。週日下午，她特地連環叩瑞奇，把他從古董店叫來位在百貨大樓頂樓的辦公室，就是爲了發洩內心焦躁的情緒。

「他不過給你點甜頭嘗嘗，你就迫不及待巴上去，眞是沒有節操。」

瑞奇知道這老女人在無理取鬧，沒好氣地回道：「女士，我從未改變過立場。既然我拿了妳的錢，就會演好這場戲。」

商敏走來，用豔紅的長指甲劃了劃瑞奇的漂亮臉蛋，看他吃痛地瞇起綠眸，再用力擰住他的下頷。

「那你爲什麼和連海聲上電視？要知道那個人從不在媒體曝光，我要怎麼相信你們沒有私下協議？」

「是我以延世相之子的身分拜託他幫忙。」瑞奇看商敏似乎忘了她指派的任務，補充說明：「學生會長選舉。」

一等中那什麼喵的團隊和吳候選人以實質行動四處攻城略地，終於兵臨城下，追上瑞奇原本領先的支持度。縱然瑞奇對高中學生會長的位子沒有多大興趣，但他的自尊不容許輸了本該勝券在握的競賽。

雖說他沒有博愛世人的胸懷，但他相信自己有管理經營的才能；他有少年血性，也想得到大眾認可。

「哦！」商敏一笑哂之，「原來你也想當頭。」

瑞奇不打算解釋，這淺薄的女人不可能明白他的志向，以為孤子只想著吃飽穿暖。

「你要是失敗，看我怎麼弄死你這小雜種。」商敏這麼說的時候，眼中閃過一道興奮的光芒，似乎想到什麼卑劣的好點子。

「不用妳廢話。」瑞奇掙開商敏冰冷的手，他才不是她飼養的牲口，隨意任她宰割。活著雖然很痛苦，但他絕不要像他生母自甘墮落，為了錢任人予取予求，最後在世人眼中一文不值地死去。

星期一，當新聞播出瑞奇的訪談，短短一分鐘，就讓全市高中生聚集的各大論壇又爆炸一次。由於瑞奇在螢光幕上應對相當得體，讓同齡的青少年覺得很有面子，贏得大多數學生的好感，民調再次碾壓過吳以文。

像這樣利用電視台攝影棚，一口氣省去製片和宣傳等需要團隊合作的苦力活，不可不謂殺手鐧，而那個背後支使瑞奇耍賤招的人，就是古董店店長。

「連海聲——！」林律人之前才對店長興起的那點好感又消滅殆盡。他向上天發誓，總有一天要把吳以文從那巫婆手中搶過來。

「阿文啊，你老闆是怎麼回事？怎麼會去幫忙一隻外面的小野貓？明明已有你這麼一隻可愛的小灰貓了啊！」

吳以文被童明夜按著雙肩左右搖晃，心裡也在「不知道」和「店長就想欺負他」兩個答案之間搖擺。

三人窩在陰冥的筆電前，從頭收看那場訪談節目。電視上的連海聲穿著長條紋西裝，胸口放著白巾帕，座位上每個男士都西裝筆挺，卻只有他像是出席晚宴的貴賓。他坐在最角落的位子，即使鏡頭很少、一臉意興闌珊，但沒有人能忽略他怎麼也低調不了的美貌。

「老闆。」吳以文幾乎把臉貼上筆電螢幕，童明夜和林律人似乎能看見他半抬起的屁股有尾巴在搖。

節目主持人從學生會長談到總統大選，把所有來賓問過一遍，麥克風也跟著遞到連海聲面前。

「連律師，請問你對兩年後的大選有什麼看法？」

連海聲揚起長睫，女主持人似乎被這一眼電了下，停格兩秒才重申一次問題。

「共和黨初選是誰，就是誰。」他沒有給觀眾任何論述，直接講明結果。太簡單了，反像在信口雌黃。

「不是還有兩年多，現在就押寶會不會太快了，連美人？」有位男性來賓調侃說道。這人應該是眼力不好，沒看出連海聲這潭水有多深。

連海聲朱脣輕啓：「智障。」

「你說什麼？」

「抱歉，我粗淺的用詞恐怕波及到無辜的身障人士，請容我更正爲『腦殘』。」

「你知不知道我是誰？我可是長年跑政治圈的資深撰稿人！」對方被連海聲兩句話成功激怒。

「那你還在期待什麼？一個優秀的政治新星被媒體挖掘出來，家世清貴、從小到大沒有任何污點、有個體面的外國碩士學歷；白領、中四維兩個掐得彼此頭破血流的老頭子突然轉性禮讓賢達，最後在眾人的歡呼聲中成爲國家領導人，將國家帶向安定繁榮的未來？呵！」連海聲發出一記輕笑，多麼婉轉動聽，卻直令人心頭發寒。「選也選了這麼多屆，到現在還以爲上位者眞由小老百姓所選擇，眞是稱職的愚民啊！」

鏡頭轉向，那位資深媒體人已經氣得脖子發紅，其他來賓面面相覷，不知道該說什麼。倒是和連海聲朝夕相處的瑞奇溫婉地出聲請教，是否他們只能活在虛假的自由社會，沒有一絲改變的機會？

「人才不可能平空冒出、這世界沒有聖人。記著這兩點，社會要學著發聲，用眾數的意志去形塑所需的能人。目前政壇都被一群老屁股和老屁股的廢物兒女佔著，想換血，最快還要再等個十年。」

「您心裡有合適人選嗎？」瑞奇追問道。

連海聲眉頭擰了下，似乎想起某個說要當王的笨蛋，隨即又笑了起來。

「不就是像商公子這般的青年才俊？」

「連先生您過獎了。」瑞奇笑得好不羞澀。

影片結束，以小喵喵話劇團元老成員嚴格的眼光評判，難怪瑞奇小朋友能贏得群眾的掌聲，他的確是貨真價實的演技派小生；不過最令人印象深刻的還是連大老闆，他竟然公然戰上兩名政壇大老，罵得如此清新自然，明知他們未來勢必掌權也不打算收口。

「這是我從電視台內部抓來，一刀未剪的版本。」陰冥幽幽補上一句。

「我是病了嗎？總覺得愛上你老闆了，阿文。」

吳以文摸摸童明夜的額頭，沒發燒。

「我不甘心！」林律人完全體認他和連海聲之間的落差，吳以文也摸摸小王子的頭。

「以文同學被超過了，這下子該怎麼辦？」丁擎天胸前十指交扣，好不擔心。

「小姐，妳不用擔心，我們還有後招，我們已經號召粉絲團在後天參加我們的造勢晚會，一定能靠三隻小貓的魅力翻盤！」

「不好意思，你們是不是忘了投票前一晚有官辦活動？」楊中和忍不住提醒太過樂觀的校園偶像們。

「政見發表會，新格百貨樓頂，我和小咪ＰＫ。」吳以文口齒清晰地回應。

啊，發表會……林律人和童明夜同時看向他們的阿文親親，吳以文也睜大眼回望。

吳以文什麼都好，就是口語有一點障礙。短片宣傳可以掩飾他這個弱處，但演說這種需要長篇論述的東西，對他實在太不利了。

「以文，你可以嗎？我回去馬上幫你擬稿。」林律人都快哭了，爲這不公平的世界。

「沒問題。」吳以文信誓旦旦，「大家好，我是一號候選人吳以文。喜歡貓，大家都是我的小貓咪！」

啊啊啊，完蛋了！

某方面來說，不愧是那家古董店出品的店員，完全視常理爲無物。

瑞奇這半個月都泡在一等中圖書館，吳以文放學就會來接他回去。習慣眞的是很可怕的事，日子一久，瑞奇竟然忍不住會想，一般人家的兄弟大概就是這樣子。

吳以文牽著自行車，車籃放著兩人書包，瑞奇走在車後。經過社區公園時，瑞奇叫吳以文先回店裡，然後拎著便當袋走向灌木叢。

他把喜歡的鮭魚留下一口餵貓，用肥美的魚肉引誘花色大貓過來，藉機撫摸牠溫暖的毛皮。

吳以文突然一把壓在瑞奇背後，瑞奇被嚇得哇哇大叫。

「你很重，走開啦！」

吳以文繼續壓著不動：「我晚上會做拌飯，一起來餵貓。」

「你沒正事可做嗎？你到底有沒有危機意識啊？」

「餵貓是正事。」吳以文每日重心總繞著這個主軸，店長大人、小伙伴們，還有貓咪群，都要餵得飽飽的。

瑞奇有些明白連海聲想要校正店員腦袋卻無從下手的無力感，他總是一本正經地在說蠢話，跟他認眞好像就輸了。

至於危機意識，吳以文拂開劉海，用簽字筆在白淨的額頭寫上一個「王」字。

「吼吼吼！」吳以文示意叫個幾聲，從貓咪大廚一舉登上萬獸之王的寶座。

瑞奇完全、根本、從頭到腳無法理解這傢伙的思維。

吳以文頂著頭上可笑的大字望向他，沒有競爭者的挑釁和傲慢，目光堅定而篤實。

「文文，我會贏就不會去輸。」

瑞奇看著吳以文眼中實實在在映著自己的身影，不由得綻開笑容。

「大話別說得太早，等著瞧吧！」

小喵喵話劇團將公演場地移到新格百貨，名義上爲政見發表會熱場，實際上是引入自家的粉絲壯大吳候選人聲勢。

主辦單位請了小吃攤販，在各校發放園遊券吸引學生入場。聽說這是商公子向他母親提出的主意，要衝高入場人數，可見他一點也不怕群眾檢視，對自己的演說十分有自信。

參加發表會的學生將近千名，觀眾席大爆滿，座位後方再鋪上帆布加開露天席。一等中風紀幹部自動出面維持秩序，他校學生還以爲他們是情義相挺同校的吳候選人，但其實他們和吳以文之間有些過節，好比曾經把他的頭按進中庭泥巴坑。

吳以文向學長們道謝，學長們不太領情，只是說：「加油。」

表演開場前，童明夜搭著吳以文肩膀去逛了圈，林律人嫌外食不衛生，待在後台準備演出。

「哦哦，做得很不錯嘛，這裡比我們之前借的場地都好，下雨還有樓下商場可以讓人轉轉。」

「太高，不安全。」吳以文不認同，這地方有種他說不出的古怪。

「也是，十八層樓，摔下去就算是阿文親親也不可能沒事。」童明夜四處張望，臉上還是笑咪咪的，只是音量壓低下來：「是我黑社會混久了嗎？怎麼嗅到前天去堂口談判的火藥味？」

吳以文冷不防伸手掐住童明夜咽喉，繼續往前巡視，童明夜差點把剛吃下肚的炒米粉吐出來。

「最近我很少到天海去了，眞的眞的！……啊啊，對不起，是幫北丁去站台，做做樣子賺個外快而已。眞的眞的！反正你最近都在養那隻綠眼小貓，我也要過自己的生活！」

吳以文放開手，冷眼盯著心虛的童明夜，沒罵他，只是用沒起伏的聲音嘆道：「明夜，我死掉，你怎麼辦？」

「什麼死掉？你可是不死之身……」童明夜立刻噎住話，嚇得不敢再狡辯。

「算了，『反正』我不是你大哥。」吳以文照樣造句堵回去。

「阿文，別這樣，我知道錯了！眞的不會再去混黑幫，你不要不認我啦！」

林律人出來催促他們上台，就看到童明夜哭哭啼啼地追著吳以文屁股跑的蠢樣。

「小人，你快幫我勸勸小文。」

「講不聽的垃圾，絕交吧！」林律人幫忙火上加油。

「嗚嗚，我只是想存錢買阿文的生日禮物……」

「之前你聯賽冠軍的獎學金呢？」林律人抱胸質問。

「被我爸花光了……」童明夜捂著臉哭，但因爲他長得人高馬大，很難引起他人的同情，反而讓人想要揍他。

這時候，三個穿著女中制服的學生向他們打招呼。

「你好，請問你們是不是那個……」

「是的！」童明夜瞬間破涕爲笑。

「可以跟你們拍張照嗎？」

「當然好！」他們三個立刻擺好最上相的姿勢，專業度不輸職業明星。

等小粉絲開心離開，童明夜又假哭起來，不時偷看吳以文。雖然這招很幼稚，但吳以文還是心軟看過來，童明夜趕緊拉過他的手搖。

面對這小學以下的感情表現，林律人不予置評，童明夜也把他牽過來，低聲叫「哥哥」。明明長了一副大學生的老臉，卻總是自以爲老么要人寵。

時間差不多了，他們套上貓布偶裝，繼續進戲裡演他們的兄弟，小藍貓拉著小綠貓和小紅貓的爪子走上台，好像一直演下去就會變成眞的。

三隻小貓閃亮登場，全場女學生轟動尖叫，幾乎掀開百貨公司的屋頂。

「喵喵喵，一豆，喵喵喵，一豆一豆，喵喵喵！」

瑞奇在後台潤稿，聽見這首洗腦歌再現江湖，腦袋頓時一片空白。他和吳以文雖然同住一個屋簷下，但說好互不干涉，不知道他們公演竟是育幼院那場爛戲。他心裡打死都不想回味，雙腳卻不由自主走來觀眾席。

幸好劇本改了，不是什麼藍貓誤入歧途的警世劇場，單純改編三隻小豬的童話故事。三隻小貓長大了，以前手足相偎的小窩已經不夠住，他們便分頭發展，比賽誰的房子蓋得最好。

「喵喵！」老大小藍貓向大家展現稻草做的道具屋，很不錯吧！

「喵喵！」**我的才是最棒的！**老二小綠貓掀開布棚，是一間從林家關係企業渡假村整個拆遷搬來的小木屋。

「喵喵！」小紅貓向前張開雙臂，大家正以為他會變出磚頭房子，沒想到小紅貓轉了一圈後，只是用少年變聲期的嗓音開口：「房子好棒，我輪流去老大、老二家睡。」

「為什麼突然說人話啊！」瑞奇失聲喊道，趕緊收住口，好在觀眾沒注意到他，只有楊中和投來讚賞的目光。

沒有邏輯就是小喵喵話劇團的邏輯。

「喵喵！」小藍貓拉過小紅貓右手。來來，跟大哥住！

「喵喵！」小綠貓拉過小紅貓左手。跟著二哥，大魚大肉少不了你！

「喵喵……」小紅貓為難回應。一貓住一天，一星期分別可以見五次面。

「喵喵喵！」阿文，平均是三點五次啦！

小紅貓下意識想扳手指算數，忘了他現在穿著毛茸茸的布偶裝，伸手只有四根爪子。

「喵喵，喵喵，喵。」小綠貓摸摸小紅貓的腦袋瓜。沒關係，二哥養你。

然而，在這和樂融融的氣氛下，老天爺就是要拆散他們一家好貓，邪惡的大野狼入侵貓園。

「啊嗚──我是大野狼！狼、狼！」

沉寂已久的男同學們終於有機會發聲，熱烈向大野狼校花舉牌。她特有的甜美嗓音和笨拙的演技，再再令人心醉不已。

「丁甜甜，我愛妳！」

大野狼小甜甜沒想到她也有支持者，頓時手忙腳亂，瞎吼兩聲：以文同學，我該怎麼辦？

小紅貓英雄救美，照劇本一腳飛踢大野狼，讓她嚎叫倒下。

太狠了！爲什麼只有這段沒改，編劇（林律人）到底多討厭校花？

小藍貓把大野狼的屍體拖去後花園埋了當肥料，三隻小貓同心協力解決掉外患，然後過著幸福快樂的生活。

小紅貓三天跟小藍貓住、三天跟小綠貓住，剩下的一天露宿在外搭磚頭屋。磚頭屋必須一磚一瓦搭上，房子很難蓋，小紅貓蓋了好久。但他沒有因爲依賴小藍貓和小綠貓而停下工程，仍是努力建造自己的房子，終於有一天，房子蓋好了。

當小紅貓邀請兩隻小貓到磚頭屋來，小藍貓和小綠貓並不怎麼開心，是他們照顧得不盡心嗎？爲什麼小紅貓還要蓋房子在外獨立？

「喵喵。」**你們一直照顧著我，我也想要成爲你們的支柱。**

他們三個在一起，老是被古董店店長嘲笑是扮家家酒、孤子取暖。邪惡大美人說的不算錯，就是因爲他們和同齡人格格不入、很寂寞，才會一塊玩耍。但是一年多來朝夕相處，經歷過各種難過的事、痛苦的事，他們還是那麼要好，訂了婚、交女朋友也沒變；可能到老、到死也不會改變。

如果這不是愛，請告訴他們什麼才是？

小藍貓和小綠貓被小紅貓的心意感動，回頭燒了草屋和小木屋——怕不愼引起火災所以沒眞的放火——一起搬進磚頭屋讓小紅貓養，接續他們幸福快樂的日子。

故事尾聲，三隻小貓唱起他們歡樂的主題曲。

「喵喵喵，一豆，喵喵喵！一豆一豆，喵喵喵！」

楊中和鬆了口氣，看他們排演那麼多回，終於回到話劇團該有的水準和特色，也就是炫耀他們的友誼。這也是爲什麼他們莫名其妙的爛戲總能吸引年輕學子的目光，劇本白爛歸白爛，演員之間的感情卻是眞的。看久了，好像內心的空洞也被塡補起來。

三隻小貓向大家揮手，布幕降下，這場公演事先公告不能喊安可，粉絲們好不遺憾，然而麥克風響起溫文的嗓音，適時引導觀眾的心思到說話者身上，不知不覺，政見發表會開始。

「感謝小喵喵話劇團爲我們帶來的表演，非常可愛。」瑞奇先是對〈三隻小貓〉讚賞一番，彬彬有禮的形象深入人心。「話不多說，接下來全市學生會長候選人演說由我先發表。我是新閣中學的代表，商瑞奇，大家晚安。」

瑞奇拿著麥克風，一邊侃侃而談，一邊走上表演台，台風之穩健，媲美專業演講者。

之前有傳言說瑞奇是孤兒混充大戶公子，可就算他是冒牌貨，也比學生群所接觸的同齡千金少爺還像少爺。新閣中學參加的學生不多，但聽瑞奇說起話，每一個都直起身子，原來這就是他們的代表。

「我們是第一屆聯合高中職學生自治選舉。前無古人。很興奮對不對？但官方不是集合各校會長成立學生會而是直選會長，大家知道原因嗎？」

瑞奇一雙碧眼環視台下眾人，有人思考過這個問題但沒有答案，他向那些人露出憐憫的微笑。

「是的，教育部和校方並不是眞的要給學生行使自治的權力，他們只想要挑出一個代表，有民意基礎又方便管理。」

觀眾一片譁然，楊中和忍不住喃喃「延世相」。這是延世相慣常演說的方式，拋出一個質疑議題本身的問題，然後給出與主流意識相悖的答案，只要嘴巴跟著「啊」了聲，等同咬餌上勾。

「唉，能怎麼辦？都選舉前一天了，會不會太遲？」

台下有些惱怒的聲音傳來：你爲什麼不早點說？

瑞奇愉悅地接球，輕笑道：「我一直在說，說給你們聽，你們能從廣播和電視節目，還有此時此刻，見證我是一個很會說話的『學生』。即使我只有一個人，對上各校高層、教育部，甚至是大總統，我也有自信立於不敗之地。」

瑞奇這裡頓了下，在台上悠閒走步，給觀眾一些空檔消化內容。

「所以我不說我能爲全市學生做多少事，只是盡全力表達給你們看。我知道怎麼說話才能讓那些大人聽進去，因爲『學生會長』這位子充其量只能做到上達天聽而已。就它眞正的功能來說，無疑地，我是最優秀的選擇。」

楊中和忍不住想起上屆總統大選延世相的辯論，被媒體評爲一派胡言卻得了比對手白領多上兩倍的收視率、點播次數。

——滿嘴民主、民主，你們以爲選個總統就能改變人生嗎？富貴榮華分得到你們身上嗎？東方社會有句話叫「將心比心」，隔壁那個從小含著金湯匙出生的老頭子有過手頭拮据的感覺嗎？我支持的候選人剛好是五十年來最窮的一個，申報財產只有四萬元，眞是廢得有剩！雖然選給窮鬼沒法往他投射自己的美夢，但你們有一天付不出帳單、拿不到退休金，他會爲你們著急，然後哭著來拜託我。我會站在這裡，不過就是那個姓范的知道這個國家一堆爛帳，也只有我有辦法解決。

「你們心裡很無奈，但你們只能選擇我。」瑞奇的笑語和當年那位梟雄重疊起來。

雖然瑞奇的演說不討喜，卻也無半分冷場，大家聽得專注，結束後也禮貌報以掌聲。

楊中和不禁爲吳以文捏把冷汗。乍聽瑞奇在揶揄這場選舉，而他那番笑語實際上已截斷後人的生路，就像後來對上延世相的白領。要講政見也不是，延世相比誰都清楚國家政策，隨時等著打他的臉；而訴諸情感認同又顯得虛僞矯情，最後白領慘敗在辯論台上。

瑞奇再三強調學生會長的功能在「溝通」，就是要突顯吳以文的弱處，如同延世相不著痕跡帶出白領權貴的身分，以階級取勝。

接下來換吳候選人上場。吳以文沒有換裝，直接穿布偶裝上台，代替一等中制服。

「我不會說話。」吳以文拿起麥克風，有種用力咬字而不自然的怪腔調。

台下學生以爲他要接政治人物的老套說詞「但我會做事」之類的話。

「但是我會喵喵叫！」

啊啊？觀眾一片傻眼。

楊中和嘆口氣，是他小看吳同學了，那顆大腦不能以人類視之。

「學生、小孩子，常是接受命令的對象，只要說『好』、『對』，大人就會很高興，我的『喵』也是『好』和『對』的意思。我曾經想，活著很辛苦，這輩子只要喵喵叫，被喜愛著就好。但是只會喵叫，不能守住寶物；我有一個很珍貴的寶物，比性命還重要。」

就演說而言，他的斷句很糟糕，但流露出來的情感相當眞摯，使得觀眾也跟著被觸動心房。

「所以我站在這裡，希望自己能成爲足以保護他的強者。不僅是保護我身邊所愛的人，我要把全市學生都納入圈圈。學生會長對我來說就是貓咪王，國王有責任保護自己的子民。」

瑞奇談選舉的功能，而吳以文把自治選舉拉升到價值層面，打破被預設好的框架。好比對手談錢，不如說起幸福和榮譽，可是前提是說話者必須具備純粹的道德理想才能夠說服大眾。當時的白領只是久居官場的大老爺，他說不出來，也就在選戰中敗下。

吳以文跑遍各所中學，親自和每間學校的代表交流談判，除了拳圓仔，一方面也是爲了日後的合作網絡打下基礎。他不是在說表面的漂亮話，而是告知他想做的事。

「貓咪都是獨立個體，但有時候貓會陷在坑裡、卡在樹上，甚至遇上狗群，很煩惱。沒有辦法的時候，來找我，一等中二年十三班，吳以文。」

觀眾瞪大眼注視著吳同學，似乎努力把他話裡的貓轉換成自己，吳以文也睜大橄欖圓貓眼，認眞回應在座每一道目光：**你們都是我可愛的小貓咪。**

「眞的……可以嗎？」

「我希望每隻貓、每個孩子可以平安長大。」吳以文向台下點點頭，「雖然大人常說小孩好命，但很多孩子其實，很寂寞，煩惱也沒有人幫忙，害怕給人添麻煩。不用怕麻煩，來找我，一等中二年十三班，吳以文。」

沒有華麗的辭藻和話術，他要做的就是這麼一件事，所以也不用說得太多。

「我的喵叫到此結束，謝謝大家。」吳以文簡單地向聽眾點頭致意，會場靜默下來。

正當楊中和擔心學生是否明白吳以文的意思，他的演說個人風格太重，若無法融入，觀眾聽了只會一頭霧水。好在這層擔憂是多餘的，掌聲響起，越來越響，地板都跟著震動。

不是孰優孰劣的差距，只是吳以文所闡述的王者更接近眾人心中的理念，他沒有要人認清現實，而是決定擔上理想去實現。這是他想得到最實際的方法，卻也是傳統聖賢思維與現代民主思想所交織出最美麗的夢。

童明夜和林律人站在後台忍不住紅了眼眶。他們剛認識吳以文的時候，他還是個連話都說不好的小孩子，很怕人、很怕生，什麼時候已經長成這麼一名男子漢？眞想看到他長大成人的樣子，然後嫁給他！

「我的。」林律人搶先說道。

「我的。」童明夜燦笑以對。

沒多久，兩人就掐在一塊，明知這孩子已經名草有主，搶也是搶心酸的。

「以文同學，太棒了！」丁擎天起身鼓掌，吳以文向她揮手，又看向她身邊的陰冥。

陰冥沒聽他演說，只是瞪著筆電螢幕，臉色不太好看。

「學姊？」

陰冥突然闔起膝上的筆電，起身對吳以文指示：「撤！」

吳以文毫不猶豫地接受陰冥的指示，直接用手上的麥克風廣播：「明夜，去開門。」

童明夜快步跑到離他最近的出入口，試了兩下，發現柵門被反鎖。

「阿文，出口鎖住了！」

大家還不清楚怎麼回事，只見一群穿著攤商制服、戴口罩的男人包圍舞台另一邊出口，亮出手裡的槍械，對空鳴槍。

「通通不許動！」

學生們群起尖叫。

「閉上嘴！安靜！」

發號司令的男子頂著一頭紅色毛帽，臂彎挾持今夜的小男主角。瑞奇那張本就白皙的臉龐，處在隨時都會走火的槍口下，更是白得沒有一絲血色。

「對，像這樣，全都乖乖的，看我們如何公開處決延世相的兒子。」

瑞奇明白他在那女人的陰謀中成了棄子，認命地閉上雙眼。

麥克風卻響起吳以文變聲的沙啞嗓音：「我不允許。」

星期五晚上，行政院大樓仍燈火通明。第一會議室召開三院院會，與會者全是現今政壇的大人物，橢圓長桌列席行政院官員、顧問；右方扇形沙發坐著十五位大法官；左方則是立院共和黨和工黨黨團代表。

林家由林和堂代表列席，他的位子本來在白院長身旁，卻刻意換到延世妍隔壁。延世妍今天依然穿著惹眼的大紅長裙，一入座就頻打哈欠，林和堂問她怎麼這麼累、吃過了嗎？延世妍愛理不理，直到看見幫大總統推輪椅進門的大美人律師，才振作起來，精神奕奕地揮手打招呼。

「海聲哥，這裡、這裡！」

連海聲長髮紮成辮子，一身素白西裝，刻意低調，但延世妍這麼一喊，所有達官顯貴都看了過去，包括林和堂妒火沖天的目光。連海聲一雙美目狠狠瞪向不看場合的小妹。

「不像樣，坐好！」

「嗯！」延世妍聽話地端起大家閨秀的儀態，林和堂心裡很不是滋味。

眼見大人物差不多到齊，白領宣布會議開始。雖然院會名義上由大總統召集，卻都是白領負責主導會議，他向在座諸位說明來自南洋的威脅，希望大家能正視這個挾著金錢砲彈、堂皇登陸的外患。

延世妍舉手，白領請她發言。

「不好意思，我覺得我被攻擊到了。你們之前說歡迎外資投資，現在又說不要，這樣言而無信，招商會很麻煩。」

「偶也不好意思問一句，這是延小姐自己的意思，還是那一位美人的想法？」白領微笑問道。

延世妍任職財政部長所推動的經濟政策全出自某人之手，白領不免有這番臆測，幾位知內情的官員也跟著看向大總統的位置。總統坐在自己的輪椅上寫筆記，空出來的大位被連海聲光明正大佔去，蹺著一雙長腳在看小書。

范總統拍拍大美人那雙修長美腿，連海聲才摘下眼鏡，一雙冷傲的鳳眸望向眾人。

「范跛子，幹嘛好心理他們？我今天來可沒領國家的錢，休想浪費我半滴口水。」

「你最好不要說話……」林和堂看不下去連海聲的態度，白領卻伸手制止林家發言。

「海聲，南洋那邊和你，有沒有關係？」

「問林家，林家有個叛逃的不肖子弟就在南洋。」

「你不要把和家哥牽扯進來！」林和堂拍桌而起，延世妍吹了聲口哨。

連海聲闔上繪本，長指托起細緻的臉孔。

「雖然是我叫他別跟你們來往，但對方都到林家叩關了，你們還不快點向好歹有點見識的他討救兵，只會自己人關起門來開會再開會，被滅了也是活該。」

「你憑什麼搧動我們兄弟感情！」

連海聲忍不住大笑，張狂的笑聲迴盪在會議室，久久不絕於耳。

「兄弟感情呀，不就是一種東方傳統慣用的剝削話術？你是我兄弟，所以你要爲我做任何事，不能有任何私心，也不許談抽成回報。結果就是他被趕出門的時候，身上一無所有，連妻子、孩子都沒有。」

雖然那個老處男整天想追他女人，其心可議，但老家主也從未向林和家逼婚過，因爲林和家實際上是外家子，血統不純正，沒有孩子，也就不必擔心他這一支繼承林家。

連海聲五年前找到流落在外的林和家，當時的他就像個路邊乞丐，再無半分世家公子的模樣，只想把自己放逐到死爲止。林和堂口中的好兄弟、大半輩子爲別人而活的好聖人，就是這般淒涼下場。

「還不是延世相害的！都是那賤人的錯！這個國家會亂七八糟被外人把持，也都是那個人的錯！」

連海聲還沒回嘴，延世妍率先跳起來，毫不客氣潑了林和堂一身水。

「明明是林家欺負我哥哥！他長了一隻藍眼睛就說他是外人！他盡心盡力做了那麼多事卻被炸成肉屑，你們都對不起我哥哥！我就看著你們沒了我哥哥還能不能擋住南洋那邊的威脅！」

林和堂不知所措，任西裝淌著水，延世妍看他就像看著殺兄仇人。

「別吵了！現在是公務時間，私怨出去再談，不要浪費人民的稅金！」嚴清風出聲制止快要失控的場面。

「青天大法官，原來你醒著。正好，幫忙主持一下公道。」連海聲往司法院的席位呶了下嘴，一整排正襟危坐的大法官倒抽口氣，那個人竟公然調戲不苟言笑的嚴院長。

「什麼公道？你說。」嚴清風無奈以對，這個人他實在管不住。只要古董店店長存心鬧下去，一點星火都會被他搧成燎原大火。

「見死不救，有罪嗎？」連海聲眼神掃過在場每一位「大人」，人們被他這種審視的目光看得坐立難安。

「什麼見死不救？」延世妍激動反問，透過她延世相之妹的身分，大家立即明白連海聲意有所指的是哪一位。

連海聲以爲控制住場面，白領卻毫無羞恥地出來謝罪，打破凝重的氣氛，好像那場死了五十個人的爆炸案也不是太嚴重。

「美人兒、我可愛的紅牡丹，對不起，饒了我吧？」

「你嘴上說申家什麼的，但你最怕的還是我向南洋倒戈，才會瞎編一個異國神祕組織的故事。」連海聲一邊嗤笑，一邊觀察在座人士的神色。久居高位的大官沒了媒體粉飾，通常不太會演戲，「組織」兩字出現，會議室半數的人變了臉色。

「海聲，你誤會偶了，那是眞的。偶無所謂輿論抨擊，但你一定要相信偶啊！」白領偏偏是例外，這老狐狸根本是影帝級的戲精。

「白院長，你放心，我這種老實做著小買賣的生意人，向來謹守本分，到死也不可能投敵。」連海聲微微一笑，搧了搧兩扇長睫毛。

白領下意識爲美色讚歎一聲，要是連海聲沒雞雞，傾城傾國都要把他包養做自己的小老婆。

「——最多也只是，見死不救而已。」

連海聲呢喃一聲，聲音不大不小，剛好進了身旁白領耳中，白領不由得一陣哆嗦。

「好了，解決完白院長野心之路的心頭刺，也就是我的意向。說穿了他心裡根本沒有國家大事，大家回家吧！」連海聲兩手拍拍，宣布散會，所有人面面相覷。

就在這時，「砰」的一聲，會議室的門被粗暴推開，報告的人略過大總統，急忙向白領稟報。出大事了，請容許他打開會議室的電視機。

「快開、快開！」白領揮手交代下去。

各家電視台插播緊急消息：新格百貨遭恐怖攻擊，粗估有上千名學生受困，歹徒恐持有危險爆裂物，重演五年前大禮堂血案！

連海聲猛地站起身，膝頭不慎撞上桌緣，發出一聲巨響，但他也不喊痛，只是直直盯著新聞畫面。

「海聲，小文在裡面嗎？」嚴清風知道連海聲大變的臉色是爲了哪個孩子。

連海聲神情凝重，不難看穿這場拙劣的戲碼。新格百貨，也就是商敏開的高級雜貨店，她要在自己的地盤動手腳太容易了。

那女人應該是這麼計畫的——瑞奇死了，他和延世相的關係便死無對證，無法再翻案假的親緣鑑定，延世相的遺產就會回到她手裡，而殺了吳以文只是順便。

連海聲閉上眼想，該怎麼把那老妖婆碎屍萬段？

十、開戰

「你說什麼？」歹徒首腦沒聽清楚，竟然有人公然反抗他，沒看到槍嗎？

「那是我的貓！」吳以文對著麥克風厲聲咆哮，震耳欲聾，在場所有人都能感受到那張平板面容下的憤怒。

貓你個頭啦！瑞奇碧眼含怨瞪向吳以文。

吳候選人才說過全市學生都是他保護的對象，一群恐怖分子就跳出來跟他打對台，完全不把他這個貓咪大廚、儲備國王放在眼裡，是可忍，孰不可忍！

「你還不懂嗎？你們全部被挾持了！」

大部分人為此驚懼不已、不敢妄動，除了觀眾席最前排、穿著一等中制服的吳同學親友應援團。

陰冥食指不停點選按鍵，叫出樓頂每部監視器畫面，報出他們的人數和持有武器；後面有一箱東西，可能是炸藥，必須先拿下。丁擎天一邊聽著，手指一邊給童明夜打北丁家專門的暗號。

「那個拿電腦的，妳在幹嘛，給我過來！」

歹徒首腦大吼，由此可知，這群人絕對不是有牌的黑道，才會認不出陰冥是天海幫聯的千金子。

「放過場上的學生，人質少一點，你們也方便管理。」陰冥闔上電腦，無畏地走向前，對方沒想到一個高中女生在這種情況下還能面不改色跟他們談判，一時間被她的氣勢壓得無話可說。

音響突然響起刺耳的銳音，原來是吳以文不慎抓爆麥克風頭，那些對著陰冥的槍口瞬間轉向他這個亂源。

陰冥也仰起雪白的脖頸，不冷不熱地瞥了吳以文一眼。

「大丈夫一諾千金，好好看著你的貓群。而我從來不屬於你管轄，不勞你費心。」

「小冥姊姊，不要在這時候跟阿文辯呀……」童明夜從來沒弄懂過他頭上這兩位大哥大姊的情趣。

吳以文脫下布偶裝，身上只剩件汗濕的短袖，一把跳下演講台往陰冥走去，橫在她和匪徒之間。

「你在幹什麼！不要亂動！」歹徒頭子又被吳以文弄得腦充血。

「我不想逼妳。」吳以文低聲說話，只有彼此聽得見。

「我已經回答了。」陰冥眼神示意他不要再靠近。他應該要明白，這世上有些事物，就算再努力也求之不得。

「妳不是我的，我才是學姊的貓，喵。」吳以文握起右爪，前後揮舞兩下。

都什麼時候了，還貓什麼貓？陰冥好想當場掐死他，過來，讓她打一頓再分手！

「是妳的，所以，請妳不要拋棄我。」

卑鄙，明知道她不忍心，還故意示弱，露出那麼寂寞的表情。

正當所有人被吳同學和陰學姊眞人版青春愛情故事吸引目光，舞台後方傳來屬於成人的慘叫。

「啊啊！」

丁御海藉由嬌小的身形成功潛入敵軍，打倒兩名看守員，成功截斷他們的彈藥庫，初戰告捷。

吳以文瞬時把陰冥拉到身後，舉手亮出銀槍。即使檯面上只有一把，但他的槍口堅定瞄準敵軍的首腦，著實牽制住恐怖分子的行動。

童明夜接過小海妹妹搶來的長槍，搭上自己的黑槍，漫步走到吳以文身旁。

「各位大哥，你們現在火力去掉大半，不如先讓同學們走，我們留下來陪你們玩玩，如何？」童明夜說完，一槍射向出入口的鎖頭，門板被子彈的衝擊力撞開。他之所以會用這種誇張的方式開門，主要是爲了顯示自己的槍法，以此威嚇敵人。

事態變化得太快，歹徒首腦猶豫不決，而林律人已經在台下將觀眾席的學生組好隊，趁兩方維持住恐怖平衡，分批疏散。

「第一隊，撤！」

學生們安靜地離開，每個人看緊前後同學，見到有誰失足、腿軟的就趕緊拉人一把，不管同校不同校，深知團結合作才能逃出生天。

歹徒有些慌了手腳，這和計畫中的不一樣，他們以爲小孩子什麼都不懂，只會等警察來救，所以只要他們背後那位出錢的女士拖住警力，就沒有人可以反抗他們。

歹徒首腦趕緊致電給那位女士，尋求指示。

電話中傳來女子尖銳的嗓音：「白痴，全都給我殺掉！只要嫁禍給『組織』，政府連你們一根毛都不敢查！」

站在前線的小喵喵親友團，發現到歹徒群談完電話，態度不變，立刻要學生停止動作，緊急避難。

「趴下！」

童明夜扛起雙槍先發制人，對穿著防彈衣的恐怖分子發動掃射，漫天飛舞的子彈逼得對方不得不先退開尋找遮蔽。

趁此空檔，他們趕緊把還來不及逃脫的學生引到舞台下方躲避，八個、六個、三個、一個，終於把所有孩子納進安全範圍。

等歹徒找好掩護，想舉槍迎戰，樓頂卻不見半個人。

「出來，我知道你們還在，放下槍現身，不然我就要殺了這個少年！」

樓頂兩處出入口由鋼筋混凝土建造，剛好是最適合躲藏的壁壘。歹徒佔據一處，而小喵喵話劇團成員守著另一處，以他們的能耐，要逃不會太難，但場上還有學生，更何況瑞奇仍在歹徒手上。

「請不要衝動，給我們五分鐘！」他們向外揮舞一件白制服。

陰冥調出大樓中控室的錄影，可以從鏡頭看見歹徒焦慮的神情，十五個人、六把槍，以他們粗糙的手法與不成比例的火力，八成是受雇於人的亡命之徒。智商不足、行為被動、團隊如散沙，但只要那些人手上有槍，就非常危險。

「要分散他們的火力，我們分三路進攻，一路撤防——」

敵方也在商討對策：「他們自以為英雄，老鷹抓小雞，只要把那些小朋友抓過來，他們也只能束手就擒。」

五分鐘到，小喵喵軍團把筆記型電腦放在推車上，推車慢慢滑行到敵軍堡壘，電腦正播放著媒體採訪商敏的新聞。螢幕上的女人梨花帶淚，不談救援，只吵著要報仇，好似認定兒子已經命喪黃泉。

「發生這種事眞是太可怕了，警方一定要殺光那些對孩子們動手的無良惡徒！」

等守壘的歹徒回過神，不到半分鐘，對方的先發攻擊手已經來到面前，格子裙翩翩飛舞，丁擎天亮出隨身蝴蝶刀，雙腿和刀同時向歹徒掃下，槍砲落地。

「快射她！」

同時，童明夜發動攻勢，用子彈提供掩護，丁擎天連兩個後翻，安全回到舞台梯口。

舞台下，目睹兩名俊男美女展現出宛如電影神技的同學們忍不住想，一等中的學生到底是什麼材質？

答答答，隨著快舞的節奏，童明夜再度以準度懸殊的槍術打得敵軍冒不出頭。但再好的槍手都有疲乏的時候，當歹徒以爲等到空檔，卻連著兩記子彈往首腦額頂掃過。這一嚇一怔之後，童明夜又得以換彈繼續掃射。

「這是專業技術，小朋友不要學吶！」童明夜亮出黑牌持槍令，在場高中生才知道社會上還有這種善良風俗規格外的東西。

旁邊同是拿著手槍支援的吳以文，只是對童明夜眨眨眼。

「阿文，你沒有牌嗎？」童明夜低聲問道。

「沒有。」無照持槍，少年法庭見。

「啊，我忘了，你們那間店一直都是做黑的。」

這下子，童明夜只能打哈哈含糊帶過，請大家繼續支持一等中候選人吳以文喔！

林律人在後方駐守，負責把剩下的人質帶往出口，雖然清雅的臉上盡是對毫無美感的暴力行爲的不耐煩，但有條不紊的指揮、深具世家公子的華貴風範，帶給同學們安全感。

可歹徒沒打算放過人質，硬是派兵殺出重圍，搶攻另一個出口，北丁南丁兩姊妹花機動回防支援。兩個女孩徒手打四個男人，林律人卻在旁邊只出一張嘴，完全不打算幫忙。

童明夜看不下去，一邊補槍一邊給好友吐槽。

「阿人，你不是有去學防身術？你也幫忙清一下垃圾啊！」

「不要，打人手會痛。」林律人一口回絕。

「好啊你！」

說是這麼說，但當歹徒持刀接近女中會長袁可薇，林律人還是勉爲其難使出擒拿術制伏敵人。他勉強露出這麼一手，就因爲體力不濟而氣喘吁吁。

袁可薇拿出蕾絲手巾，微笑著爲她的王子殿下擦汗。林律人不太好意思，小聲說「好了、好了」，握了握她雙手就趕緊催促未婚妻離開。

「啊啊，我也好想交女朋友！」童明夜一連目睹兩場粉紅泡泡，把他的少男情懷刺激得發酸。

「警方再三分鐘後趕到。」陰冥做出指示，大勢底定。

歹徒錯就錯在小看了高中生，沒想到羊群會混入四名黑幫份子（三千金一少主）、一名道上認證的黑店店員，好好一場恐怖攻擊被搞成野外成長營。

但他們手中好歹還有一個籌碼，就是延世相的兒子，不管瑞奇怎麼試圖逃脫，都只是被歹徒首腦給勒得更緊。

有了這個，就不怕警方會動手。雇主會幫忙他們潛逃出境，只要最後殺死他履行契約就好。

小喵喵軍團也知道所謂最毒婦人心，他們商討戰術的時候，吳以文就問陰冥有沒有救出小貓咪的方法？陰冥說，他們全力拚搏有機會救出所有人，唯獨不包括瑞奇，那是敵軍的救命繩，他們就算同歸於盡也不會放過他。

吳以文陷入沉思，陰冥察覺到他的意圖，先聲明要是他幹傻事，就眞的切八段。

吳以文說：「那我們之後再和好。」

這就是陰冥打死不要跟吳學弟在一起的原因之一，對一個習慣踩在死亡線上的人，說再多也是浪費脣舌。

站在最前線的童明夜開始回防清場，接下來換警察大人上陣。吳以文卻反向而行，往前踏進兩步。

因爲他那把槍始終鎖定歹徒首腦，好幾次差點射穿首腦的腦袋，他一前進，挾持瑞奇的首腦就跟著頭皮發麻。

「你別過來，過來我就殺了他！」

吳以文舉起雙手，把槍吊在手背，就是沒依歹徒的話止步。

「你們錯了，我才是延世相之子，我跟他交換，我做人質。」

「阿文！」

「以文！」

「學長！」

「你白痴啊，看看所有人都在爲你擔心受怕，這根本就不划算！」瑞奇忍不住大吼，拜託他滾遠一點。

「我數學不好。」吳以文淡然地說。

「我警告你，你別再過來！」歹徒拔高音量說道，顯然被吳以文逼急了。

吳以文卻在槍口下閒聊般說起話來，聊天的對象是快瘋掉的瑞奇。

「我也被抓過，遊覽車上。我不怕，因爲老闆說，師父會來救我。我以爲自己沒有爸爸沒有關係，但是師父眞的來救我，我還是很高興。」就算遲了些，吳韜光還是不顧一切趕來，就像他是對方的親生骨肉。

事過境遷好幾個月，直到此時此刻，吳以文才明白吳韜光對他有多重要，連海聲卻比他自己更早看出這一點。

「你說這個幹嘛！」瑞奇激動地揮手要吳以文離開，不顧他脖子被歹徒勒在臂彎，幾乎要喘不過氣。

「你要是有爸爸，我就走。」

瑞奇只能睜著碧眸。說什麼廢話，他就是沒有父母，被壞人抓住的時候，只能絕望想著孤子就是命賤，死了也不會有人傷心；但在吳以文眼中，他一直都是一個值得用命疼惜的寶貝。

當吳以文逼近到咫尺，歹徒槍口被迫從瑞奇頭上挪開那刻，吳以文隨即舉槍射擊，對方上膛的子彈也應聲發射。

「砰！」男孩右腹炸開血孔，歹徒隨之倒下。

可能是痛覺衝擊到腦神經，世界開始旋轉，視線模糊開來，吳以文仍直挺著身子，伸開雙臂。

「文文，過來哥哥這裡……」

「哇啊啊！」瑞奇崩潰大哭，奔向前扶住吳以文就要栽倒的身子。

「不用怕，我會保護你……不會拋下你一個人……」吳以文反覆說著同一句話。

「救護車，快叫救護車！」瑞奇壓著吳以文不停滲血的傷處，向趕來的警員瘋狂吼叫，不要抓人了，快點救救他！

吳以文眼前一黑，依稀浮現過去的白色牢籠。那裡有個小孩子，總是對他溫柔說著話——**不用怕，我會保護你，活下去，你以後一定也能有個家。**

轟的一聲，天搖地動，那個孩子不見了，只有他活下來。活下來的他抱著毛茸茸的虎斑貓，貓和他說著床邊故事：在遙遠的穹頂，有一處開滿桃花的天堂，天帝聖上喜歡小孩子，善良的好孩子都到那裡去當小仙童，再也無病無痛。

他已經習慣槍傷的痛楚，不會痛、不是太痛，卻因爲童話故事的美好結局，隨著瑞奇號啕的哭聲，落下幾滴熱淚。

尾聲

事後，育幼院的老院長帶著瑞奇回到古董店道歉，以及致上深深的謝意。

連海聲全額資助瑞奇國外留學的費用，也順便負擔老院長的醫藥費，他先前託華杏林找來國內最好的胸腔科醫療團隊為老院長治療，康復情況樂觀。

「連先生，非親非故的，我不知道該如何報答您……」老院長顫抖地握住連海聲的雙手，幾乎要跪了下去。

「老頭子老了就該退休，躺在床上休養就是你最該做的事。」

老院長抹去淚光，轉身招呼身邊不發一語的瑞奇，要他和連海聲說幾句話。

瑞奇從金髮回復黑髮，襯得他那雙飽含情感的翡翠眼珠更加深邃純麗，他緊抓著老院長的手心，好不容易才發出聲音。

「我差點害死你的孩子，你應該恨我才對。」

「那是商敏那婊子的錯，關你屁事，況且——」連海聲打了記響指，不一會兒，隔間珠簾掀起，吳以文要死不活地拖著瑞奇一開始帶來的兩只行李箱出來，已經依店長的交代打包完畢。

「你、你不是重傷在住院嗎？」瑞奇睜大一雙碧眸。

「我是不死之身……」吳以文來到瑞奇面前，眼神好捨不得。「文文，你要走了？」

瑞奇眼眶泛起水霧，但在他在意的人面前，就是無法坦率表達感情，只能傲然地對吳以文發出帶著哽音的鼻哼。

「我要去國外攻讀經濟學位，哪像你還在和高中數學纏鬥？」

「我學到除法了。」換句話說，小和班長非常努力。

「那好，十二乘五？」

吳以文睜著悲傷的貓眼，低頭扳起手指，被連海聲痛打屁屁。

「答案是六十啦，你這個笨蛋。」瑞奇受不了地說道，然後向前抱緊吳以文。「阿文哥哥，我會想你的。」

「文文，要當隻好貓。」

瑞奇雖然老大不情願，但還是勉爲其難在吳以文懷裡喵了一聲。

老院長和小貓咪走後，吳以文趴在水晶櫃上，一動也不動，活像路邊被輾過的貓屍。

「老闆，又沒有貓了……」

店員中彈只躺了一夜，但失去可愛的綠眼小貓，心靈嚴重受創。

連海聲不想理會白痴，他比較在乎學生自治選舉的事。就他所知，因爲這次槍擊案，教育部決定將全市會長選舉延後一年再辦，學生一片罵聲。鬧事的不是他們，後果卻是由他們承擔。女中會長帶頭，全市高中連署，一定會爭回學生應得的權利。

大部分政界人士不予苟同，說學生不務本分，只會鬥爭，直到白領院長知曉此事，公開在電視前評定：「後生可畏！」風向才轉為肯定學生自治，白領也因此贏得年輕世代的推崇，老狐狸就是老狐狸。

這次家家酒選舉，連海聲怎麼看損失最大的都是他家店員。南征北討，卯足幹勁去選，結果什麼都沒撈到還吃了顆子彈。

「老闆。」吳以文趴在水晶櫃上的腦袋轉向店長大人。

「幹嘛？」

「我眞的……好想養你……」

「什麼鬼？」

吳以文雖然什麼也沒說，但沒能選上學生會長，心裡也是非常沮喪，差一點就能請美麗的店長履行當他貓咪的約定。

連海聲起身，漫步走向失意的店員。

「民調五成五，也算贏了。」連海聲垂著長睫，他為人處事向來賞罰分明。「你說，你想要的獎勵是我對吧？」

吳以文點點頭，非常想要，魂牽夢縈。

「閉上眼。」

「老闆？」

「閉上眼就對了。」

吳以文聽話闔起眼皮，連海聲低身湊近吳以文，輕輕地吻上男孩柔軟的雙唇。

「你要是能成長爲我認可的男人，我還會給你更多。」那口磁嗓像是蠱惑又像來自至親的溫柔期許。

「老闆……」

「不准張開眼睛！」

等店長的腳步聲完全隱沒於珠簾後，店員才倒數四三七，恍惚睜開眼來，像是夢境，可他脣上還留有餘溫和香氣。

「貓咪親親……」

吳以文眼底映著水晶櫃反射的夕輝，全世界都因此閃閃發亮。

商敏事蹟敗露後，穿上她最喜歡的白緞小禮服，仔細畫好妝容，嬌滴滴地來到古董店，禮尚往來。

「連海聲，是我一時失算，這次算你贏了。」

「好笑，妳這輩子哪時成功過？」

商老太婆為了貪圖延世相的遺產設局謀害笨蛋店員，完全惹毛店長，結果連海聲還沒出手，她的股份就被計畫合夥人林家吞了。現在她身上扛著教唆傷害罪，又被國稅局抓包逃稅，成了各大新聞頭條。

連海聲真沒遇到像她這麼蠢的敵人，當初怎會瞎了眼娶她？

「我看你還滿有本事的，你能不能幫我把股份從林家拿回來？」明明是走投無路來拜託他，商敏的態度仍一如月前高傲。

「這樣吧，林家老頭子的老婆死了那麼久，我看你們腦子也挺相配的，妳就去給他續弦如何？對了，他是個有殺妻殺子嫌疑、性虐待控制狂神經病。」

連海聲笑話完，商敏安靜一陣，大概明白她這次垮台垮得徹底，不可能東山再起。

「好吧，我還有一間百貨公司，是我祖母親手託予我的，就交給你來經營吧！」

連海聲這才從報紙後探出頭來，看商敏隨身兩名保鑣換成帶槍員警，手上的名牌金環也變成冰冷的鐵銬。

他本來對失敗者不屑一顧，只會嗤笑他們悔恨的淚水，何況這個愚婦一連傷害過他女人和孩子，不多捅她一刀已經仁至義盡。但他就是覺得這白痴前妻和他莫名相像，活在自己的世界，可憐又可悲。

「商敏，妳的店我會找合適的人頂下，出來別再看上爛男人。」

「不用你說我也知道……我也知道錢買不到眞愛……」商敏哭泣般笑了起來。

當初延世相爲了跟她離婚，不僅奉還他在她公司持有的股份，還把她父親積欠的債務還清，決絕地和她一刀兩斷。就因爲那女人哭了，哭得那麼傷心。

老實說，商敏很羡慕顏雯雯那個該死的小賤婢，被那樣的男子眞心愛著。

「我知道你還在追查延世相的死因。細節我不清楚，就你合作的幾個企業主都簽了一份協議，我想林家和白領也簽過。你就是太聰明了，沒想過去問幫凶們誰是眞凶。」

連海聲陡然直起身子，商敏享受著被那雙眸子全心注目的感覺。

「殺害延世相的主謀就是他老家，平陵延郡。」

選舉沒了，吳候選人仍帶領他的好伙伴們四處謝票，激起各校女同學的尖叫，還包括一小部分男同學。

「選總統、選總統！」

「謝謝大家，我會繼續養胖所有貓咪！你們都是我的貓咪！」吳以文坐在童明夜肩上揮手致意，說著成年人不明所以的話語，但年少的群眾卻能和他心靈相通，一起喵喵叫。

經歷過這場轟轟烈烈的選戰，沒有人再笑話吳以文奇怪的口語。他為了他們奉獻犧牲，他們也會試著去解讀另類的他，認為他強大的意志和才華可擔當新一代社群的代表。

被寄予厚望，也是一種喜歡；被那麼多人喜歡，就像自己也成為人一樣；變成人的話，就能理直氣壯地在連海聲身邊生活，讓嘴壞又寂寞的店長大人憐惜、疼愛著。

他自生病以來，第一次覺得自己離幸福那麼近。可能是因為上蒼看他努力自新當個好孩子，眞的很努力。

吳以文從慶功宴趕回古董店途中，心想今天也要把老闆餵得飽飽的，明天和後天也一樣，太開心了，以致於沒有注意到街道盡數黯淡的街燈。

大風揚起，拂來屬於凜冬的寒意。

「找到你了。」

吳以文仰起頭，前頭佇立著一名身穿純白醫師袍的男子。那張五年來從未老去的秀美臉龐、那雙迷茫的大眼睛，還有柔弱似水的嗓音，他全都記得。

「很遺憾，你的存在是個天大的錯誤，我必須修正它。」

白袍男子右眼滑下憐憫的淚水，向吳以文悲痛舉槍。

「對不起，永別了。」

〈學生會長戰爭〉完

──妳是我的公主，可我不是勇者，而是惡龍。

吳以文遭到襲擊，命在旦夕，
他身上深藏的祕密呼之欲出──
人體研究、血腥屠殺、平陵延郡……
爲了生存、爲了復仇，必須沉默、必須失憶。

2016 夏末・期待上市！

國家圖書館出版品預行編目資料

Sea voice 古董店.卷五 / 林綠 著.
——初版. ——台北市：魔豆文化出版：蓋亞文化發行，2016.08
面；公分.（Fresh；FS114）
ISBN 978-986-5987-94-7（平裝）
857.7 105009392

SEA VOICE 古董店 卷五

作者 / 林綠
插畫 / MO子 封面設計 / 克里斯
出版社 / 魔豆文化有限公司
地址◎ 台北市103赤峰街41巷7號1樓
電話◎（02）25585438 傳真◎（02）25585439
部落格◎ gaeabooks.pixnet.net/blog
臉書◎ www.facebook.com/Gaeabooks
電子信箱◎ gaea@gaeabooks.com.tw
投稿信箱◎ editor@gaeabooks.com.tw
郵撥帳號◎ 19769541 戶名：蓋亞文化有限公司
發行 / 蓋亞文化有限公司
法律顧問 / 宇達經貿法律事務所
總經銷 / 聯合發行股份有限公司
地址◎ 新北市新店區寶橋路二三五巷六弄六號二樓
電話◎（02）29178022 傳真◎（02）29156275
港澳地區 / 一代匯集
地址◎ 九龍旺角塘尾道64號龍駒企業大廈10樓B&D室
電話◎（852）2783-8102 傳真◎（852）2396-0050
初版一刷 / 2016年 8月
定價 / 新台幣 220 元
Printed in Taiwan

ISBN / 978-986-5987-94-7

魔豆

魔豆